"深扎"文丛

XIEYI ZHONGYUAN

写意中原

孔会侠 著

河南大学出版社
HENAN UNIVERSITY PRESS
·郑州·

图书在版编目(CIP)数据

写意中原 / 孔会侠著. -- 郑州：河南大学出版社，2018.8

("深扎"文丛)

ISBN 978-7-5649-3440-8

Ⅰ.①写… Ⅱ.①孔… Ⅲ.①随笔－作品集－中国－当代 Ⅳ.①I267.1

中国版本图书馆 CIP 数据核字(2018)第 186107 号

写意中原（XIEYI ZHONGYUAN）

项目总策划	侯若愚
责任编辑	侯若愚
责任校对	韩　露
封面设计	侯一言
出版发行	河南大学出版社
	地址：郑州市郑东新区商务外环中华大厦 2401 号　邮编：450046
	电话：0371-86059701（营销部）　网址：hupress.henu.edu.cn
印　　刷	河南瑞之光印刷股份有限公司
版　　次	2018 年 8 月第 1 版　印　次　2018 年 8 月第 1 次印刷
开　　本	889 mm×1194 mm　1/32　印　张　6.125
字　　数	170 千字　定　价　35.00 元

版权所有·侵权必究

本书如有印装质量问题，请与河南大学出版社营销部联系调换。

目　录

第一辑

- 3　写意中原
  　　——李佩甫印象记
- 8　大杂院出生的"娇宝蛋"
- 15　路灯下的少年
- 22　去姥姥家
- 29　小书虫的故事
- 36　知青队长
- 44　"我是有亏欠的"
- 51　那天早晨的喜悦
- 58　"过程是不可超越的"

第二辑

- 71　面对南极检讨
- 75　我们的道路究竟有多长
  　　——论汪淏随笔《一个人的道路》
- 79　像风一样，且追且行
  　　——论黄轶《中国当代小说的生态批评》
- 82　县城故事：那些"鲇鱼"和他们的"臭水塘"
  　　——评李清源的《红尘扑面》
- 84　小人物们的"被"问题
  　　——论李清源的中篇小说《苏让的救赎》
- 89　在南极忏悔
  　　——张宇访谈

103 情感是写作的灵魂
　　——对话李佩甫

第三辑

123 猜想一首诗的写作过程
127 "学而时习之,不亦说乎"
130 "我叩其两端而竭焉"
132 瞻之在前
134 这是什么样的眼神?
137 "让自己灵魂深处的声音静默下来"
139 让文字更近梦一些
　　——阅读唐诺的一点感想
141 少年锦时
144 站在时间之河的岸边
146 将往事凝存文中,以"抵抗遗忘"
　　——阅读《女工绘》的一点随感
150 他以这样的眼神
　　——读吴佳骏的《雀舌黄杨》
152 给孩子一个广阔而深远的真实世界
　　——读《泥泥狗儿童文学丛书》有感
156 问津生活,发现文字的"来路"

第四辑

163 纵使人生灰涩,仍需"乘风破浪"
167 去"冈仁波齐"的路
170 "与命运过招,看他沉不沉得住气"
173 李安的叛逆与投降
176 人生中的那些"欲"与"缚"
179 向外推推自家的篱笆
182 一个"中式"告诫
185 "找到那个准头"
189 "一花一世界"

第一辑

写意中原
―― 李佩甫印象记

写这篇文章的时候,我脑海里突然出现一个假设:1953年出生的佩甫,没什么文化的工人父亲和母亲,如果给他起一个那时很流行的名字——李建国、李跃进,或者李东方等,会怎么样。或许,他还是他吧?一样成长,一样下乡,一样当工人,一样写作;或许,他不是他了?《羊的门》由李建国写?《生命册》由李跃进写?感觉那么别扭,不对头了。

李佩甫只能叫李佩甫,李佩甫只能成为李佩甫。

而这一切,从童年开始,就已经注定。名字对某些人来说,只是称呼而已,但对某些人来说,却是暗隐着的命。

佩甫老师是生在草木灰上的。在他之前,家里已经有两个孩子在草木灰上生下来后,惊厥夭折了。佩甫老师生下来不久,也惊厥了。家里人咬咬牙借了30元钱,把他抱到医院打了针青霉素,保住了性命。因此,他是家里的"娇宝蛋",父母给了他加倍的宠爱。对他格外重视的父母,请了一个先生给他起名字,这先生给起的是"李佩甫"。这是不是一种注定的精神暗合?杜甫,这个出生于河南巩义的唐代"诗圣",其诗魂早就成为沉淀在这片中原大地上的精神元素,时不时被后世来者感知和回应。李佩甫,这个名字像是上天的启示,注定了他命运的流向所在,也暗合了他精神气质的某些特质。

每次去佩甫老师家,他总是坐在面南靠窗的单人沙发上,我总是坐在面西靠墙的长沙发上,然后,沏一杯毛尖茶,开始闲聊。逐渐地,我对佩甫的文学道路有了些了解。俗话说,"男怕入错行,女怕嫁错郎",佩甫的人生从小时候开始,在他无意识间,各种因素都朝着目前这个文学方向渐进。孩提时代,他就特别喜欢读书,千方百计借书,如饥似渴日夜读;青年时代回城上技校,他一下子办了四个借书证,还订了六份杂志:《人民文学》、《学习与批判》、《朝霞》、《辽宁大学学报》、《天津师范学院学报》(今《天津师范大学学报》)、《湖南大学学报》等。听他讲到这里,我大笑不止:"学报你怎么也订?"他说:"当时就看是文科类的,也不知到底是啥,这家伙,就订了。""这家伙""这货"是佩甫的口头语,很中原化。田间地头、墙脚树下,三五村人坐着闲聊,"这家伙""这货""那家伙""那货"是日常用语。印象中,他好像没说过普通话。逐渐地,"这家伙"已经成了他独特的文学语言,甚至是其思考方式和结构方式,带着田野村头的气息与味道。用河南方言读佩甫的小说,才能入味。技校毕业进工厂后,他开始写文章。1978 年,他的第一篇小说《青年建设者》发表在当时的《河南文艺》杂志上。我问他什么感觉,他说:"第一篇小说发表时我啥感觉吧,那天下午单位组织篮球比赛,报纸目录出来之后,心里高兴,当时怎么投怎么顺,情绪力量是很大的,我从来没有投篮那么顺过在我们厂里。所以说,情绪的影响力量还是比较大的。"后来,他就在文学这条道路上走到了今天,而且,在作品中,总保持着饱满的情绪力量。对从事文学,他常有"找对了"的满足与幸福。他说:"我比较幸运的是在哪儿吧,一个人一生能够找到自己能做又喜欢做的事儿,这是最幸运的。很多人一辈子左选右选,做的很多都不是他最喜欢的事情。"

佩甫对人生没有设计规划,却又像被命运设计规划好了一样。

1986 年,他发表了《红蚂蚱 绿蚂蚱》,一下子找到了最恰当的文本方式,确定了以中原为根基的写作定向。在乡土记忆被唤醒之后,他又写了那篇一部分内容以乡村表姐为原型的《黑蜻蜓》,唤醒了沉睡中的乡村情感。这两篇小说离佩甫童年生活最近,是他在寻找写作领地过程中"醒了的开始作"。童年经历是佩甫一直强调的经验,2012 年 6 月份,我采访他时,他说:"小时候我是一个'饥饿的小儿',六七岁的时候,刚上小学一二年级,几乎每个星期六的下午,我都会背上小书包,到乡下我姥姥家去,为的是能吃上四顿饱饭。去姥姥家要走三十里路。我一个小儿,总是很恐惧、很孤独地走在乡村的土路上。一个人的童年是至关重要的。童年里,我是在姥姥的'瞎话儿'(民间的传说、故事)中长大的。那时候,姥姥已是半瞎,记忆力却惊人地好。有无数个夜晚,我都是在她老人家喃喃的'瞎话儿'中睡去的。夸张一点说,我的童年是在姥姥的'瞎话儿'中泡大的。她讲的'瞎话儿'就像明月一样,每晚都在我的床头升起。"在这里,童年在姥姥村庄里生活的经历就非同寻常了,这不仅使一个饥饿孩子能填饱肚子,还是一个孩子精神世界的最初营养。就像刘震云经常调侃的那样,他人生中跟黑格尔一样厉害的哲学家是他大字不识的两个舅,一个舅是赶马车的,告诉他一辈子就干一件事,一个舅是木匠,告诉他做事情要慢。可见,乡村经验于他们,好像"一个'伤口',一条'尾巴',或者说是一个'胎记',它是长在身上的,含在血脉里的,割不断的。你只不过是一次次地'抚摸'、发问、回望"。

中原大地与李佩甫,在童年这个纽带下,开始在文字中有意识地发生重大关联。在这个过程中,真不知是苦苦寻觅的佩甫撞上了中原大地,还是沉默千年的中原大地撞上了佩甫。言而总之,总而言之,两者撞上了,这个结果很重要。

从此之后,佩甫的小说创作,无论是写杨如意还是呼天成,无论是写刘汉香还是吴志鹏,主角其实都是一个:中原大地。这片大地,没有山脉,一马平川,看过去一望无际,单调而又丰富;这片大地,有一条河叫颍河,无声无息,滋养万物,流过岁月的兴兴衰衰,在疲惫中哼唱着喑哑的歌。就在这片土地上,生生不息地长着各种各样的草,它们在小中求生,弱中求活,卑贱而坚韧,隐忍而刚烈,在黄土上匍匐出旺盛的青绿。之后,佩甫有意识地一步步把自己的领地扩大,他常年坚持在乡间行走,襄城、禹州、许昌、鄢陵、长葛,在行走中观察万事万物,熟悉地理环境,感受风土人情,于是,整个豫中地区构成了他写作的领地范围。在这块领地上,他像头老黄牛,低着头呈思考状,弯着腰使着劲,常年精耕细作,写出了一部部关于豫中平原生存状态及其成因的代表作品——《李氏家族第十七代玄孙》《金屋》《羊的门》《城的灯》《生命册》等。佩甫一直在用文字写意中原大地,他不重塑形重表意,所有的具象都被他赋予了抽象的载体,他写得最好的不是大地上的有形物体,而是天地间的无形,一阵风,一种感觉,一股气味,一缕余脉……

在作家群中,有些人善于"挖坑",有些人适合"凿井"。佩甫是后者。他有两句话,流传在省内的写作圈子中。一是"用认识照亮生活"。他强调认识的重要性,所以他在不断的行走中涵养感受,在感受中升华认识,在认识中思考中原大地的生存哲学——核心是人与土地的关系学,或者也可以叫作植物成长学。所以,把他的作品排列起来,其实是一层层通往形而上的认识深化的阶梯。二是"聪明跟不聪明,前后不错五分钟"。这话显示了这个不是很聪明的人的态度和自信。因为不很聪明,所以就勤奋执着,也自有硕果。就像"龟兔赛跑",乌龟虽没有兔子一跃而起的矫健迅捷,却有慢慢悠悠的恒劲与从容,心无旁骛地一步一步走向终点。

相对来讲,佩甫老师是个单纯的人,因此他常常显得不够灵活,反应不够敏捷,不善于开玩笑。但性格往往就是这样,具有两面性,人际交往方面的被动迟钝,反而助推了他文学上的成就,反而使他能入得深,入得持久,不挂念写作之外的事情,没有"打一枪换一个地方"的陋习,相反有数十年如一日的生活上、写作上的惯性。这口井,就在叮叮当当的不停歇中,愈凿愈深,开凿出大地千万年的蕴藏,含纳进当代风起云涌间的每一缕变幻。佩甫外在随和、谨慎、害怕麻烦和被干扰,跟写作无关的闲杂人事,能少尽量少,能无尽量无,但其实他内里挺固执,真正在意的事就一根筋了,较真得很。那次我开玩笑地问他:"之前你笔下的女性形象为何好像都有些一根筋?"他说:"当年可能是我认为这是最好的女子。"这世上,谁跟谁看着对眼都不是偶然,都有必然性因素。二姐、满凤、刘汉香这样的女子,一方面是跟佩甫幼时记忆有关,但更重要的,是跟他个人气质性格相契合。

2012年,佩甫的新作《生命册》出版了。这部书里,他在城乡界限不再明显的当下,完成了城乡一体化的认识。告别几十年的

"城乡二元"思考模式,避免一些细节的重复和写作惯性的重复,对佩甫来说是个很困难的过程。但佩甫写作就是这样,只有在克服困难与突破中才能逐渐得到提升。《生命册》出版后,尽管好评如潮,但总是带点不好意思地谦虚着。记得2012年12月,他在北京领完人民文学奖后,在南阳社旗举办的"文鼎中原——长篇小说精品工程优秀作品"颁奖典礼上,他因为自己也获奖而有点不好意思,说:"都是年轻人的事,我这老家伙了,得不得这个都无所谓,多扶持鼓励年轻人。"

佩甫老师不善于滔滔不绝,但对喜欢文学写作的后辈还是经常教诲,只是言简意赅,一句话顶一句话。他最近又有了新的写作经验表述,说:"你们要好好走,做一件事就好好做,在自己的领域内,在自己愿意做喜欢做的领域内,做自己可以做的,并做到最好,这样无论是精神还是物质都会很快乐。文字创作还需要浓缩、提炼、浸泡,就跟发豆芽一样。"

现在,从李老师这里,我又取了点经:写作就是把生活的黄豆,泡成长着根须又有着翅膀的豆芽。怎么才能泡成泡好呢?耳边又响起佩甫老师的那句话:"过程是不可超越的。"

大杂院出生的"娇宝蛋"

1953年11月5日（农历九月二十九），在许昌市古槐街的一个穷人聚居的大杂院中，一个孩子出生了。跟许许多多穷人家的孩子一样，他出生在一堆散着焦糊香的草木灰上。就在一片摊开的草木灰上，这个大杂院的李姓夫妇迎来了他们这个不是长子的长子。在这个孩子出生之前，母亲已经生了四个孩子，大姐比他大十几岁，现在生活在许昌。另外还有三个男孩儿，均不幸夭折了。那时，穷人家生孩子的时候，通常把家用剪刀在火上烧烧，就用来剪断脐带了，孩子有受到感染的危险。有两个男婴在出生不久后因惊厥死去，另一个男孩长到六岁多，突然生了急病，也去了。在这个孩子出生之后，他们又生了一个儿子和女儿，现在也生活在许昌。

这该是一个怎样命运的孩子啊！李姓夫妇悲喜交加地望着这个闭着眼睛啼哭的婴儿，暗自揣想。他们是喜悦的，这是个能传宗接代的男孩儿，但屡受打击心有余悸的他们脆弱而恐惧，不免有隐约不安的忧虑。怎么办呢？除了虔诚地反反复复祷告外，还能做什么呢？那不可知的命运范畴内的事情，给人折磨和痛苦，但除了默默承受，坚忍地继续活下去外，还能怎样呢？也许，他们只能寄希望于这个孩子自己的命硬，能过去那几个孩子未能过的这一关，能过去以后漫长人生中的每一关。惴惴了几天后，母亲发现这个孩子小脸憋得通红，时而抽搐几下。惊厥！她的心开始在巨大的疼痛中浮浮沉沉，涌上来一阵阵漫无边际的委屈和无助无解的愤怒，她恸哭失声，哗哗的泪水一行行地滴落在怀里孩子的脸上，她惊恐地听着孩子的气息越来越弱。闻讯而来的拾粪老头儿默默地将篮子放在了他家门口，等着孩子断气后，就带到城外的乱坟岗埋掉。时间是残酷的。在一分一秒煎熬等待中,沉抑的父亲突然起身,他不愿也不能再听凭下去!他抱起孩子冲到院中,向邻居们借了30元钱,一路小跑到医院,医生给打了一针青霉素(当时青霉素都是进口的,所以很贵),才保住了这个孩子的性命。

这个孩子就是李佩甫。25年后,他成了一个作家。38年后,他写了一部作品《村魂》,在这部作品的"王小丢"部分的结尾,他这样写道:

那年冬天,下雪的时候,王小丢的儿死了。他就这么一个娃,老娇。但还是得病死了,紧病。女人在家里哭,他用谷草裹着去埋。儿八岁了,白日里好好的,说死就死了,那心里的悲痛是无法诉说的。天上飘着雪花,王小丢抱着死孩子在村街里孤零零走着,顺墙走,缩缩的,他怕撞见人。……

王小丢也笑了,眼里泪花花的。

我想,孝顺的李佩甫在写下这些文字的时候,一定含泪遥想了有着同样经历的父母,以及他们同样无法诉说的悲痛。借由回望,他感知到了人行走一世,那"活"里蕴含的百般滋味。

李佩甫就这样来到了这个世界。就在他降生的时刻,这个世界与他的关联就在这个时间点上构成了。这堆草木灰,这把剪刀,那针青霉素,这个家庭,这个大杂院,这个家庭的亲朋,这个大杂院的邻居们,就都来到了他的生命中。后来,这个城市的街道、学校、人群,以及乡下的田野、村民,也逐渐融入了他的生命。命运就是这样,不知道降生前的基因形成,不知道人生路途上会有哪些遭逢,但不断的遭逢像股股细流在草丛下不起眼地暗淌,终会在某个时刻汇流成有明确方向的河道,发出阵阵清晰的回响。

死里逃生的李佩甫成了这个院里的"娇宝蛋"。在父母特别的偏爱中,他开始了自己的童年生活。父亲老家在许昌县苏桥镇丈地村,小时候父母双亡,很早就来许昌当学徒了,因此,佩甫家跟父系这一脉的联系就弱些。母亲的老家在许昌县苏桥镇蒋马村,那时姥姥姥爷还健在,就有好多农村亲戚与他家来往频繁,因此,佩甫母系家族的联系多些。佩甫靠一管青霉素躲过了初生时的大劫，但父母仍心有余悸，害怕再发生什么闪失，于是，十分虔敬地遵从了许多民间说法，以增加确保他平安无虞的可能。当然，他们在内心也倾向于信服"大难不死，必有后福"的说法，将家族希望寄托在这个"贵子"身上。他们给佩甫的左耳扎了耳洞，戴了耳坠，取意"坠住"、不被带跑之说，还给他脑袋后面留了一根细细长长的小辫子，意为"留住"。（专门在男孩子的后脑勺处留一撮头发，其他部分的头发可以常剪，这一撮不许剪，一直要到12岁生日才剪掉。民间的说法是这样可以保命，孩子过了7岁、11岁两道坎儿，就可以没病没灾地成人了。后来，佩甫逐渐长大，因这辫子被同学笑话为"猪尾巴"，他觉得难堪、丢脸，就自作主张，自己偷偷剪掉了。）同时，他还认了好几个干亲（在民间，认干亲是为孩子免除灾祸、求吉祥的主要方式）。就像《金屋》中那个"一条小命儿是两个小命儿换来的"独根，父母就按照"阴阳先生"说的"破法儿"，将他"拴在榆树上一百天"。那么，他的名字叫什么好呢？父母觉得不能草率，专门花钱请了一位先生，这先生给起的名字是李佩甫。佩甫，这是不是一种注定的精神暗合？杜甫，这个出生在河南巩义的唐代"诗圣"，其诗魂早就成为沉淀在这片中原大地上的精神元素，时不时被后世来者感知和回应。李佩甫，这个名字像是上天的启示，注定了他命运的流向所在，也暗合了他精神气质的某些特质。冥冥中，他跟这块土地历史沉淀中的精神气韵联系起来了。

就这样，父母自幼就给了他格外的宠爱，也从那一刻起，他就注定有了加倍的负荷，连同他的名字所示的那样，他此生必要有所担负。而佩甫在成为作家后，一直在自觉自愿地担责家庭、担责家乡、担责社会拷问。

佩甫对世界的最早认识，是从这个大杂院开始的。那时候，院里人的生活也挺艰难，居住得非常简陋，佩甫家当时是两间草房，后来孩子渐渐大了，才在后面搭了一小间油膜毡房。自家和邻居们的生活，让佩甫真切体会到了穷人的艰难生计，对"穷"的体恤和认识就成了他作品的底色，这个大杂院就成了他观察世界、认识社会人生的基点和视角。

那时候,大杂院的人们整天忙忙碌碌,有拉煤卖炭的,有挑担剃头的,也有像佩甫父亲那样,在工厂上班的。佩甫父亲在许昌鞋厂上班,这个鞋厂是新中国成立前几个小作坊合并起来的,生产的春芽牌黑色方口布鞋曾经在中原的乡村和城镇很畅销。父亲每月工资四十多元钱,不够维持一家人的生活开销。于是,佩甫的母亲就在街道上干活贴补家用。母亲是个特别能干、特别热心、特别要强的女性,尽管是小脚,但走起路来虎虎生风,她主意正,决定的事情不容商量。她干过的活儿很多,有时像男人一样在街道上粉墙、刷标语,有时用草织铺床用的箔,她还能做些技术活,比如修锁、配钥匙。对于这些,佩甫印象深刻。他在1992年的《钢婚》中这样写:"那时候,倪桂枝已到街道上织草苫子了。……那是些满脸风尘的日子,无论冬夏,倪桂枝都两手不停地把缠满粗麻绳的破头在谷草上绕来绕去。冬天里两手冻疮,夏天里一脸汗污。"倪桂芝的这个细节,也许就是佩甫对记忆中母亲样子的回想。还有时,母亲在深夜的煤油灯下,连续一个晚上不睡觉,在缝纫机上砸鞋垫。天亮后那鞋垫被父亲拿到厂里卖,一分钱一个,母亲一晚上能砸一千多个。母亲太过于能干了,比如烙馍时,她一个人烙四个人翻,四个人都跟不上她烙的速度。有这样的母亲,佩甫这个被娇宠的男孩子,家里虽穷,但几乎没挨过什么屈,受过什么累。当然,他因此在日常生活上能力就弱了些。

"穷人的孩子早当家"是个常理,无论城乡,大都如此。大杂院的孩子们在父母忙碌挣钱的时候,也充分发挥他们的机灵与勤劳,及早锻炼出生存的能力与智慧。有时候,孩子们在地上仔细寻找散落的瓜子,将它们一颗颗收集起来,拿回家用盐腌上,晾干后再炒炒,控制着那被熟香味诱出的馋虫,到街上叫卖;有时候,他们会乘人不备偷些煤核卖;有时候,他们在家里烧热水,盛到铁桶里,用扁担或粗点的棍子抬着,再拿一个脸盆和毛巾,到许昌火车站的广场上去卖水,让那些疲惫不堪的旅客洗洗脸。但这些事,佩甫却从来没干过。母亲在家务营生方面是全包揽的,她嫌别人不中用,也舍不得放这个得来不易的娇子做这些。佩甫没做过院里其他小孩们的营生活计,但上学后,佩甫奉献社会的激情高涨,他积极参与社会公共事业,曾经连续两三年帮派出所在市场上抓小偷。而给他指点线索的派出所的卧底,竟然是市场上一个其貌不扬的老太太! 他感到说不清的意外和兴奋。他还帮政府部门统计许昌市租房户的信息普查。小时候的佩甫,不爱跟众人哄跑着玩,不喜也不善做家务琐事,喜欢跑到社会天地中锻炼。他幸运地享受着这个家庭给他的特权和自由,却也在不自觉中,潜养了自身与这院子人异样的志趣与性格。

大杂院都是些粗人,性格爽直,常常说打就打,说骂就骂。记忆中,佩甫常是在骂声中醒来,又在骂声中睡去的。比如对面的一家,家庭出身不好,打骂天天不断。他在《钢婚》中写的王保柱、倪桂枝这对工人夫妻,就有这对邻居的一些影子。倪桂枝在槐树街是辣出了名的,王保柱在槐树街是打出了名的。两口子因感情好结婚,但性格火暴打架不断,那个场面佩甫写得很生动:"倪桂枝钢牙铁骨,不依不饶。王保柱一米八的个头,浑身是力。按说,女人是斗不过男人的。可是倪桂枝打起来不要命,死不低头。打倒了,她冲上去;再打倒,她再冲上去,越见血越有精神。打到最后的时候,倪桂枝竟然提着刀往自己头上砍……等邻人跑进来劝时,新房里已是狼藉一片!"他们"小打天天有,大打三六九。他们家的东西几乎每件都是残缺的:凳子脚是断的,水缸是烂的,镜子是胶布粘的,床是用砖头支的,更新更快的是铁锅……"。但佩甫透过这些,还是写出了这样的两人间牢不可破的坚贞相守,任艰难、病痛、无子,都不能把他们分开。甚至最后,佩甫还充满浪漫情感地诗意了一把:"一直到第二天早上,人们在厕所门前发现了一个大雪丘,雪丘下盖着两个人,那便是倪桂枝和王保柱。两个人都死了,死时两人抱得紧紧的。死因不明。"他真切地写出了自己所熟悉的大杂院的工人生活、工人情感、工人性格,也写出了自己对底层工人的真正了解、真挚情感。

一个孩子的性格有天生成分,也有生活经验的暗自捏塑。追溯起来,佩甫的性格和言行方式与父亲的遗传基因有关,他父亲是贫农，为人绵和、老实、话少，但是脾气倔强、执拗；更与要强能干的母亲的事实教训有关，是母亲性格和遭遇的反向塑造。母亲一生热情助人，对社会事业也甘于付出、积极奉献。大杂院里的夫妻之间、邻里之间，一旦产生矛盾纠纷，母亲就前去劝解，有时深夜，不一定哪一家两口子尖厉的叫骂突然传来，母亲就忙不迭地胡乱套上衣服，赶忙开门去劝架。她心肠好，一根筋，能苦口婆心地劝人家一个晚上，一直到双方平息怒火为止。一个街道上的人家，只要有了红白喜事，母亲都是主动前去帮忙。不管谁家死了人，都是母亲去帮人穿"老衣"，有时候，人都手脚僵硬了，只要母亲去，都能给穿上。在娘家的事情上，母亲也操心费力爱管事，《黑蜻蜓》中的母亲在很大程度上是佩甫母亲的原型。母亲跟老家人来往密切，她家亲戚百分之九十都是农民，母亲常常体恤他们的艰辛不易，所以每逢他们来，母亲都热情好客地做好吃的。亲戚们拿几块红薯、几个玉米棒子就来了，有些甚至掂两串儿蚂蚱就来了。许多年后，佩甫回忆道："直到今天我仍然记得，在二十世纪三年困难时期，一个乡下的亲戚进城到我家里来，手里提着两串从田野里捉的蚂蚱。他有些羞涩地站在门口，给我母亲说：'大姑，实在没啥可拿，逮了两串蚂蚱。'"亲戚来了，母亲就用家里的大锅做饭，换上五到十斤的面条，再买些肉做炸酱面，让他们敞开肚皮吃个两三碗，开开荤后满意而归。姥姥去世的时候，母亲体恤二姐家困难，要自己请响器，自己操办。但二姐不听话，坚持给姥姥请了一班响器，母亲气愤得从此多年不理她。二姐生孩子，她也不去。私下却时刻关心着二姐的身体是否健康，生活是否如意。但是，在邻居间，这样的付出和操劳却并没落好，还因为富农的出身被歧视。那时的佩甫就察觉出：欺压是无形的，空气中游动着一种压制与疏离，会呈现在眼角眉梢，在唇边浅笑，在一碗米一个枣上。这些事对佩甫影响很深。孩子时的佩甫对生活有着天生的敏感、机警和距离感，母亲的遭遇让他捕捉到了来源于社会人群的信息，从而在不自觉中反向塑造了他的谨慎和被动，沉默和自尊。他安分地将自己拘在规矩内，以求安稳度过小世界里的自在日子。而母亲日常生活中的强势,会不会让佩甫一面在她的管教和主见中显露出拘谨和自律的性格,一面又强化了自身的正主见和以退为进的软反抗呢?这是否助长了佩甫表面温和、内里固执的性格呢?而母亲对整个大家庭的主动担当也早早地成了佩甫的意识自觉。

佩甫就这样开始成长。若干年后,佩甫专注于植物成长与土壤关系的追究。那么,他自己的生长呢?佩甫常常强调:"作家的童年,对作家的影响特别大。"童年所经历的生活,是他所有作品可以追根溯源的基点。那些在大杂院的生活,在姥姥家的日子,让成为作家后的佩甫常常后知后觉地充满感恩和庆幸。这段童年生活是他在漫长岁月中不断回望与咀嚼的原初人生经验、本源精神情感,也是他日后表现出的世界观、价值观、情绪、意志等的可信注解。有什么样的童年生活就有什么样的童年记忆,这是命定的,没办法选择,童年记忆是个体生命永远也无法挣脱的潜在规约,将决定了此人是此人而非彼人的一生。"童年是人一生中重要的发展阶段,这不仅仅是因为人的知识积累中有很大一部分来自童年,更因为童年经验是一个人心理发展中不可逾越的开端,对一个人的个性、气质、思维方式等的形成和发展起着决定性作用。大量事实表明,一个人的童年经验常常为他的整个人生定下基调,规定着他以后的发展方向和程度,是人类个体发展的宿因,在个体的心路历程中打下不可磨灭的烙印。"

路灯下的少年

尽管佩甫家在满是穷人的大杂院里,地理位置却很好。院子往西,是当时的许昌市政府所在地;往东,是许昌市春秋大剧院;往前直行不远,则是一个电影院。二十世纪五六十年代,一张戏票的价格是5角钱,一张电影票是几分钱。

那时的许昌,是当时河南省几个专区之一,所辖范围比今天大多了。不仅漯河的所有地区,舞钢、周口以及下属多个县属于许昌,还有平顶山市的宝丰、叶县等也属于许昌。在豫中南地区,许昌是历史悠久的名城了。早在远古时期,许由率众来此地耕耘,这个地方开始被称为"许地"。(佩甫专门去过鄢陵县陈化店镇的许由墓,还在2013年写了一篇中篇小说《寂寞许由》。)后来在西周时期,称为"许国"。许昌最繁荣的历史是公元196年,曹操迎汉献帝迁都于此,"许"成为当时中国北方的政治、经济和文化中心。公元221年,魏文帝曹丕建立魏朝,因"魏基昌于许",所以特意改名为许昌,为魏五都之一。后来,许昌的名称就一直沿用至今。现在,许昌的文物古迹也多与三国人、事有关系,比如关羽辞曹挑袍的灞陵桥、曹操射鹿台、曹操练兵台、曹操屯田处、曹丕登基受禅台、神医华佗墓等。这几年文化旅游业的大兴,许昌随势被国家列入"三国文化旅游圈"入选城市之一。在文学史上,许昌是"建安文学"的发祥地,是吕不韦、晁错、吴道子的出生地,是苏轼、沈德潜等曾经生活写作过的地方。

许昌的辉煌历史跟这个家族里三代白丁的大杂院的孩子并没有多少直接联系,一个个响亮的名字比如张飞、关羽不过是年三十的时候,被他们用小手贴到家门口的那一张张门神画像。尽管佩甫后来从文,但他跟"建安七子"等并无瓜葛,他是自身生存环境里长出来的一棵树,跟自身经历之种种风吹日晒有千丝万缕的联系。

佩甫小时候看过很多戏。那个年代,一个孩子的精神娱乐活动就是看电影、看戏。在河南,许昌是个戏剧起源早、受人热爱的地方。早在元杂剧时期,许昌地区就建了多个戏楼。比如禹州神垕的柏灵翁戏楼就建于元仁宗延祐七年。另外还有禹州白沙的医用武安王戏楼、寿宫戏楼、鄢陵城隍庙戏楼、许昌县文帝庙戏楼等。到了清朝,许昌戏曲形成并发展起来,有罗卷戏、大油梆子、越调等种类,还分别成立了"福兴社""文胜班""公议班""汉调二黄班"等剧社。到了民国,许昌戏剧繁盛起来,有梆子、罗戏、二夹弦、越调、京剧、曲子戏等剧种分布在各个县镇,还有多个班子开始培养出了后来家喻户晓的戏剧名角。比如许昌县张潘越调窝班的申凤梅,漯河"文凤社"的越调大师毛爱莲等。百姓对戏剧的追捧让各地戏楼无法满足,就出现了木板搭的流动舞台在乡间巡演;而城里为了满足观众需求,也出现了许多简易的草棚戏园。新中国成立后,许昌戏曲继续繁盛。1955 年,许昌专区的 18 个县市,一共被国家批准成立了 26 个职业剧团,这些剧团不仅整理改编了传统剧目,如《下陈州》《打金枝》《无佞府》《陈三两》等,还创作了一批反映现实生活的现代剧,如《人欢马叫》《夫妻俩》《买箩筐》等。20 世纪 80 年代后,许昌的现代戏创作更是应运而生,成就不凡。《倒霉大叔的婚事》《岗九醒酒》《李豁子离婚》等更是家喻户晓,百姓百看不厌、百唱不厌。

那个时期,春秋大剧院的戏曲演出非常频繁。入夜,高亢的锣鼓声喧哗着,常常勾引着佩甫的魂魄,他激动地想象着剧场里的热闹,想象着舞台上生旦净末丑的一动一唱。心里的渴望迅速被燃起,他忍不住踏着锣鼓声急切前去。但他没有随着人流来到剧院门口,而是在还有一段距离外的路灯下,沉默地停住了脚步。他很快沮丧起来,手里没有戏票,进不去啊!那一张五角钱的票价,对这个家庭来说,是根本不可能的奢侈开销。他羡慕地望着手握门票的人们,羡慕地想着他们进去后坐在座位上,嗑着瓜子喝着茶看着戏的情景。剧院的正式演出开始了，佩甫心里伸出了无数双小手，可他只是站在昏黄的路灯下，贴着线杆，一动不动。能怎么办呢？像那些调皮机灵的孩子一样，跟检票的爷爷耍耍赖混进去？或者趁他不备夹在大人中间偷偷挤进去？或者甜甜地撒几声娇再厮缠几句，让他心里一软放自己进去？佩甫知道那些办法很可能有用，可他就是没那个脸皮子，他没办法让自己走上前去，他心里害怕一旦被拒绝的难堪。那个守着剧院门口的老人，明明就是佩甫家一个院子的曹爷爷，他的孙子跟佩甫经常在一起玩，可佩甫就是无法张开嘴求人，就是不会厚下脸来耍赖钻空子试试。

不过，佩甫还是看了很多场戏，绝大多数是半场戏。那时候，戏院中场休息20分钟，观众可以出来转转再进去，有的人出来闲逛一阵就不愿意再进去了，有的人是有事就提前离开了。那张对他们无用的检过的票，却可以满足这样一个心怀执念、顽强地站了一个多小时的孩子。他盼望有人退场走出来，对那场戏没有再看的兴趣了。佩甫便紧盯着出来的人们。他无数次鼓励自己勇敢地上前问一句："你能不能把票给我？"但他只是沉默地站在那里，一动不动。他在心里不断地狠狠骂自己。有时，碰上个细心人，不经意间发现了这个孩子，主动问他是不是想进去看戏，主动将票给他，他就心存感激，按捺不住狂喜，一路飞奔进剧场。

偶然，佩甫也看过全场戏。剧场守门的曹爷爷家给剧院供应茶水，有时他家会让他孙子去送水，他孙子一个人提不动，有时会叫佩甫一起帮忙提前抬进去。那时，佩甫就待在里面不出来了，等着看一场完整的戏。还有一次，不知谁送给佩甫父亲一张戏票，父亲高高兴兴地早早吃完饭，洗洗脸后准备去剧院。他起身，佩甫就随之起身，他出门，佩甫就随之出门，父亲有些奇怪，问佩甫这是干什么，佩甫说他也要去看戏。父亲就气恼起来："孩子家懂得看什么？"母亲过来哄劝佩甫不要跟了，佩甫不听，父亲迈步他迈步。戏迷父亲多少年才有这么一个去剧院看戏的机会，母亲就再劝佩甫，可他还是固执不听，情急之下，母亲打了佩甫一顿。一贯娇宠佩甫的母亲很少打他，但她没想到，平时看起来挺老实听话的孩子，这是犯起了什么倔？父亲再出门，佩甫再紧跟。母亲又拉住打了一顿。打过后，佩甫还是出门小跑追跟父亲而去。母亲气急败坏地追出去打了第三次，这次打得最狠，可佩甫还是要跟着去看戏。没办法，父亲到底带他去看了次全场戏。但是，他不是把这张唯一的票让给儿子，而是心一横牙一咬花五角钱又买了一张戏票。

那段经历，也许是一个来自白丁家庭的孩子发自内心的对精神文化生活的渴望和需求。

后来，佩甫从工厂调到了许昌文化局，这时候看戏就方便多了，也不用考虑票价。这段时期，青年佩甫看了许多戏。但后来到郑州后，适逢西方文学观念和文化思潮的大量涌进，他进入疯狂忘我的"大量吃进"阶段。随之，他逐渐觉得看戏没什么意思，不过是些说教之词，后来就不再看了。

佩甫对戏子的生活比较熟悉。他家院里的一个邻居曾经在小时候进过戏班，他身上常年结着黑痂，那是学戏时被打的，他还给佩甫讲过一些学戏的辛苦，佩甫印象深刻。后来，佩甫将这些细节移植到了长篇纪实小说《申凤梅》里，他还把自己对戏曲和艺人的理解写进了这部作品里。那时的艺人，都是穷苦人的孩子，申凤梅就是因为家里太穷被插谷草卖掉的。进到戏班后，她挨了不少打，练走步要腿间夹块砖，大腿磨得渗血。他们不识字，唱词要一遍遍硬背，记不住就挨打。这些乡村戏班，过的是一种半流浪的生活，破庙是他们经常大通铺睡觉的地方，他们身上常年生着疥疮和虱子。但这些艺人，从小就被师傅训诫着牢记：戏比天大，戏比命大。这也许是申凤梅、毛爱莲、常香玉这些大师戏曲生命里的魂。这魂让他们无论个人生活、身体状况如何，一旦登台就勃然焕发出异样的光彩和活力，这魂让他们自觉而肃然地担当起传承戏曲文化的责任。这些苦孩子的舞台风采，是他们苦修来的。

那么，戏曲被那么多普通百姓热爱的魅力到底何在？在河南，戏曲就像柴米油盐，是他们日常生活的消遣与寄托，是他们精神世界的重要组成和观念影响源。地方戏曲对于地方百姓来讲，是他们生活的慰藉、情绪的缓释、精神的导引、爱憎的显现，是从娱乐层面到精神层面的"透墒"。就像佩甫在《申凤梅》中所借由申凤梅学艺师傅瞎子刘的话那样,他说:"戏给人暖心,戏给人照路,戏是一把开心锁。"他还说:"戏就是'古今'。劝劝人,也骂人,戏扬善也惩恶。这戏呀,其实就是文化人留的念想。俗话说,不吐不快,戏就是给那心焦的人说古今、叙家常呐。戏是民间的一盏长明灯啊!"

童年时期的佩甫在看了许多场戏后,甚至很多是重复观看的情况下,他那颗幼小心灵的土壤里,是否不觉间种上了蕴含传统文化内涵和民间伦理观念的戏曲精神之籽粒?在后来时光的发酵中逐渐成为构成他的思想道德、情感爱憎、语言思维等方面的重要元素,在他文本世界中投下灵魂倒影呢?也真是"一方水土一种戏",不同地方剧种是不同地域人的生活习惯、文化风格、思维心理等的活标本。河南戏曲,无论是豫剧、越调、曲剧,还是道情、梆子等,都有非常鲜明的民间性。究其原因,一是它要在民间谋生存,必须与民间喜好趋向一致;二是其主创人员基本来自民间,其气血蕴含着带有民间生活的印记。河南戏曲在佩甫童年时期多为传统剧,俗称"古装戏",河南戏剧中没有杜丽娘那种单纯浪漫、要生要死的爱情,河南传统戏现实味浓重而浪漫劲儿浅淡,主题大多直接表达是非善恶、道义伦情,比如《无佞府》《寇准背靴》《花木兰》等,或者在男女情爱、家长里短上,一定会贴附在一些"大道"上去,比如《王宝钏》《陈三两》《秦雪梅吊孝》等。河南戏剧的唱腔"土味"十足,就是老百姓的日常用语,帝王将相、公子小姐,盖莫如是,让人感觉:无论谁说,其实都是百姓在说。尽管演员塑造人物时会尽可能考虑人物的身份和顾虑,但其直白的方言里的思维倾向还是让人感觉就是在唱一出又一出的百姓心理。河南戏曲是民间本位视角,是民间对传统文化接受和想象,是民间对世界秩序的理想构造,是民间思想和情感的载体,它凝聚着河南大地上的民间思维、民间性格、民间情感、民间想象力和文化构成、道德诉求、世界观价值观和人生愿景。可以说,地方戏在很大程度上就是民族灵魂的呈现。但它也形成了自身明显的模式化,主要体现在人物关系的对立性设置和符号性意义指代，性格发展和情节推进中的叠加式促成，善恶分明、果报必然的最终结尾。

佩甫曾经在《颍河故事》电视剧的第一集用了整整半集的时间让村落间的唢呐嘹亮吹响，这是贫贱中生存的人们在隐忍和委屈中向往的酣畅与昂扬。而唢呐的大部分曲调，其实还是戏曲段落的另一种声音。也就是说，这唢呐曲调和戏剧唱段一样，是佩甫精神成长中的阳光和雨露，是他民间道德伦理得以形成的重要原因。当然，在这之外的与戏曲道德说教一致的生活听闻、文学传承等，也是与之相辅相成的。细细追讨起来，佩甫小说中的某些结构模式和人物形象，他进入叙述时的腔调和节奏，他在文本中表达的某些观念和判断，与这土壤中生出的这些艺术之花真有说不清也撇不开的内质关联。往深处揣测一下，这些戏曲在一场场的演出中，影响了一个孩子与世界建立关系时的世界观和价值观，塑造了他们的心理、性情、思想、气质和理想。豫剧《王宝钏》中，王宝钏为薛平贵与父亲击掌断亲，她铿锵高亢地表达毫不犹豫的坚意，她不管不顾"平贵上无片瓦，下无寸地"，发誓要"宁断亲，嫁薛郎！决不食言！"她在贫富荣辱的尖锐矛盾中蔑视钱财和身份，钟情于"直耿""有志""身正"等个人品质，一方面是中国传统文化"善自身"的具体宣说，另一方面也是穷人一厢情愿的希望和想象。而细细考量，佩甫的个人精神气质和小说的情节结构、人物关系，与戏剧种种常暗暗相"合"，应该并非偶然。比如《城的灯》，冯家昌何尝不是走过了一条"陈世美"的道路？而刘汉香的生活经历、性格特征、道德形象，何尝不是秦香莲的命搭配了王宝钏的行与品？当然，这些"合"的原因还有一条：人生如戏，戏如人生，河南底层百姓的生活、性格、灵魂等，与这些戏，不过是相互叠印罢了。当然，这些"合"远不足以阐释佩甫的小说世界，但某些关联的存在却是客观而不容忽视的。

耿占春在佩甫的长篇小说《金屋》的序言中写道："佩甫的小说更使我相信，大地，这是一种思想，一种精神形态，一种灵魂的可见的撼人的形式。"其实早在童年时期，中原大地的思想、精神形态、形式体现已经以戏曲这个形象呈现，沁入了佩甫那颗张开的心。大地是超社会性、政治性，甚至人性的，但大地在作为人栖居的生存托体后，就有了其各具特征的地理和文化内涵。而地方戏曲，无疑是这方大地生命内涵的形象符号与象征。

去姥姥家

"六岁是一个可以镌刻时光的年龄。"佩甫在《城的灯》的开头部分这样写。在佩甫对往日时光的记忆中,有最重要的一段,那就是在姥姥家的生活,那是佩甫正处在"镌刻时光"的年纪。这时的佩甫,赶上的是中国人至今念念不忘的伤痛期:三年困难时期,他常饿得前心贴后背,很痛苦。"小时候,我是一个'饥饿的小儿',六七岁的时候,刚上小学一二年级,几乎每个星期六的下午,我都会背上小书包,到乡下我姥姥家去,为的是能吃上四顿饱饭。去姥姥家要走三十里路。我一个小儿,总是很恐惧、很孤独地走在乡村的土路上。"于是,佩甫就和许许多多同时代的作家一样,把"饥饿"二字深刻地写进了自己的文字世界。但和莫言、阎连科的"饥饿"回忆引出的痛苦仇恨不一样,"饥饿"以及"饥饿"得以缓解,扭结了佩甫牢固的乡村情感,和终生负担在心的亏欠心理,这将决定他此后的写作基调和主题。

佩甫的姥姥家在许昌东北方向,离城二十多里的尚集镇蒋马村。蒋马这个村庄跟黄土地上随处可见的村落一样:周围是茫茫一片绿苍苍的庄稼地,田间地头、村前村后,是哨兵似的一排排杨树,而村里的街道旁、院落里,是形态不一的榆树、桐树和槐树。可这个村庄又不一样,它对佩甫的意义非常重大,就是它,让这个城市孩子感受到了大地的存在,在受惠于田野、受惠于乡人后,他建立了与大地休戚与共的深刻宿缘,建立了与乡人好像天生的兄弟姐妹般的骨血情感。

许多次,小佩甫一个人穿行在乡间长长的"灰带一样的土路上",孤孤的。但孤独时,这个世界的万物会顿时亲切了很多。于是,他记得田野在清晨白雾缭绕时湿润而美丽的画面;记得正午阳光下的庄稼苗枯萎乏力的倦意；还记得"夕烧的霞辉"中，在田野"一重一重的绿"里，那"恐惧慢慢游上来，一点一点地蜇人的心"。当然，他记得最深刻的是那恐怖夜色中的坟场，"远处有鬼火一闪一闪地晃着，周围好像有什么在动，黑黑的一条，'哧溜'就不见了"。天大大的，地大大的，这个孩子那么小，那么小。田野的辽阔让他感到城市生活所没有的自由，田野间的天、地、人、禾苗，让他模糊地产生了生命最初的敬畏和体验。

佩甫的姥爷很能干，是个讲究人，他常惦记着佩甫一家，每逢庄稼成熟，他就拉着各种收成送到佩甫家。记得有次姥爷送半架子车红薯来，将红薯一个个码放在墙边，整整齐齐的。姥爷在农活上样样精通，拿起什么都是好行家。犁地、割麦、扬场、垛麦秸、炸豆等，都是村里人的师傅和榜样。农村有句土话是"焦麦炸豆"，意思是麦子和豆子成熟起来，一刻也不敢耽搁，要白天黑夜地抢收。姥姥家的麦子割完后先垛起来，天好时再摊在场里，姥爷牵着牛绳，吆喝着它拉着圆石磙一圈一圈地碾轧，然后将麦秸挑去，把混着碎秸和糠皮的麦粒拢成一堆，起风后，就趁着抓紧扬场，秸糠在稍远处飘散成一堆，麦粒就在近处落成一堆，露出可爱的真容。姥爷"待风声响起的时候，就见空中亮起一道线，落下来却圆圆的两大片，麦粒是麦粒，麦糠是麦糠……往下一锨快似一锨，一锨紧似一锨，风呼呼地响着，只见麦粒儿绸带一样地在空中舞，麦尘飞扬，人却不见了，只能瞅见一个影儿，舞动着的影儿"。这情景让站在旁边的佩甫看呆了。佩甫这个非乡村的内向孩子，带着新奇的目光和观赏的心情，领略到昂扬壮观的劳动大美，他惊异于这种惊天动地的人的力量，内心油然而生出敬服与感叹。于是，他默默地将姥爷干活的情景定格成记忆画面，并让这画面在无数次的反刍与想象中，凝塑成老一代农民劳动时的"神像"。但乡村的孩子写不出来这种作品，比如十四岁就站在架子上砌墙的阎连科就没写过这种情景。他被淹没在辛苦劳动的汗水里，他深刻牢记的是躯体上的酸痛与精神上的屈辱，他无法以欣赏的眼光在心头刻下大美的劳动景观。

姥姥是个温和善良的老人,很待见小孩儿。小佩甫三岁的弟弟说,他记忆最深的是姥姥很慈祥,从不厉害人,他想学包饺子什么的,常被母亲嫌生疏耽误事儿而不许插手,硬掺和就会被训斥一通,而姥姥却很有耐心,是她手把手教会了他包饺子、擀面条、烙馍。但佩甫却没学会,他从小就缺少对柴米油盐的兴趣。关于姥姥,佩甫记忆最深的,却是姥姥很会说"瞎话儿"。黑夜来临的时候,活泼好动的孩子们无法安眠,他们要么在月明地里玩捉迷藏、偷白菜,要么就聚集在佩甫姥姥家,听她讲有趣的"瞎话儿"。她不仅会讲许多民间流传的故事,仁孝故事、口头历史、神鬼传说等,还会讲一些村人口口相传的先辈们的故事。就这样,童年时的佩甫,就被姥姥带进了深邃的"历史"。佩甫在《李氏家族》中采用的"奶奶的瞎话",就来源于姥姥讲"瞎话儿"的启示。关于这点,他写道:"我的真正的文学生涯应该是从回忆童年开始的。我小时候在乡下姥姥家住过。那时夜总是很黑,灯光呢,只有一豆夕映在黑黑的土墙上,很怕,就偎在姥姥怀里听'瞎话儿'。那时姥姥已是半瞎,讲话也很艰难,记忆力却惊人地好。那'瞎话儿'每晚讲一个,枝枝梢梢都讲得极生动,总也讲不完。我就终日在'瞎话儿'里泡着,熬那漫漫长夜。后来姥姥去了,'瞎话儿'却留着。那'瞎话儿'时常出现在梦里,一日日伴我长大。大了,就嚼这'瞎话儿',嚼着嚼着就嚼出'味'来了。这时我明白人光有希望是不行的,应该有一块属于自己的土地。把希望的芽儿种在自己的地里,才能结真正的果儿,姥姥送了我一块'自留地',文学的'自留地'。当我开垦这块'自留地'的时候,我的文学生涯才算开始。"

姥爷的劳动、姥姥的慈爱和"瞎话儿",一起沉淀在这块"自留地",成为营养他精神情感的成分。同时沉淀下的,还有佩甫在乡村场的重要陪伴者、引领人:表姐,是她把佩甫带进了庄户人家的生活和命运。1990年,他以她为原型,写出了《黑蜻蜓》,她是那个"二姐";2014年,他再次将她写进小说——《麻雀开会》,这次,她就是"表姐"。

表姐比佩甫大三岁,却像个懂事很多、能干很多的"小大人"。

有时候,她带佩甫跟小伙伴一起在村里玩耍,佩甫记住了许多孩子传唱的村歌,不像"花儿",不像"信天游",简单直白的中原村村歌,在那清清亮亮的童声中回唱:"日头落,狼下坡,逮住老头当窝窝,逮住大人当蒸馍,逮住孩儿当汤喝,哎哟喂,肚子饿。"她还带佩甫下地割草,佩甫草没割多少,却保留下许多新鲜记忆。他记住了一棵棵草的形态、气味、色泽,甚至含义和性格,也记住了那些割草的人,他们"像'精气'一样背着巨大的草捆",像"村口滚动着一个巨大的'刺猬'"。表姐就是这"精气"中的一个。

《黑蜻蜓》里的二姐,大部分经历跟表姐叠合。表姐命苦,从小无父无母,说起来,也是姥姥姥爷的不幸。尽管姥姥姥爷并没因富农身份在村里受到多少排挤,但无法逃过来自命运的磨难。姥姥有好几个姑娘,佩甫母亲是最大的,她还有一个儿子,据村民说在兵荒马乱之际,被土匪打死了。那时,表姐刚刚出生没多久。很快,那年轻漂亮的舅母就改嫁了。小小的二姐有着大地一样的母性,她是这个饥饿的小脏孩儿的引领者。她引领他来到田野,那夜色中的玉米凭着他的想象幻化成神仙般的老人:"风从玉米田上空刮过去,大地便有些许摇动,在摇动中玉米缨缨上那粉色的长须晃着点点丝丝的银白,看上去就像老人的胡须。再看就像是很多很多银须飘逸的老人站在周围,默默地述说着什么,叫人心悸。"她引领他走进乡情的淳朴善良、宽厚仁义中,她烤出的红薯的熟香气息,萦绕在佩甫的心空再不弥散。她还背着一袋子泛着新鲜青味的红薯玉米,在夜色中"一直把小脏孩送到城边上"。当她孤身返回去的时候,佩甫想起二姐还小着呢,他愧疚并忧虑起来:她怎么一个人穿过那可怕的黑暗中的一大片坟地?童年的表姐是他受惠——亏欠——担责——回哺的精神链条的源发端点,就在他接过二姐背了很远的小布袋,这沉重的小布袋就成了他肩上一辈子担着的重责,再没放下过。

二姐身世艰难、命运多舛,三岁发高烧,烧成了聋子。吃饭的时候,姥爷和佩甫吃白馍,二姐和姥姥吃黑馍。大家觉得很正常,而佩甫觉得奇怪且难以认同,小时候他疑惑,长大后他明白了:"那时,我不懂。长大了,我仍然不懂。但我却明白了'黑'与'白'。我固执地认为,黑与白就是人生的全部含义。"他触到了渗透进家庭日常生活,被习以为常的中国社会一个坚硬的本质——等级差序。

在蒋马的街里,佩甫常看到喊魂的场景。有村里孩子受惊吓或者发烧、病危的时候,村里人认为是掉魂了,就会有家人急匆匆出来,到麦场边抓一把麦秸放在当街,庄重地画一个圆圈,点燃麦秸,然后"仰望沉沉夜空,眼含热泪高声喊",好像那呼唤能穿过遥远的苍穹,让那冥冥之神听到而不由顾念,睁开眼看一看,怜一怜,轻挥巨掌还那孩子魂魄于幼小躯壳内。他们会一遍遍呼唤"妮——回来吧!"那无助而强烈的声音"如泣如诉,神鬼皆惊",然后,会有其他人主动回应"回来了——"。目睹这场面的佩甫,感到了生命的种种无法言喻的复杂内涵,朦胧而强烈地感觉到了乡里人生命卑贱而坚韧、无助而激扬的本质和基调。"那呼唤有多凄婉,那回应就有多苍凉;那呼唤有多执着,那回应就有多悲壮。这是一个天地人神均不得安宁的夜晚,两位老人泣血般的声声呼唤合奏着一部悲愤激越的招魂曲。那招魂曲越过农舍,越过旷野,越过茫茫夜空,越过沉沉大地,响彻九天云外,生生架住了迫近的死神……"冥冥中,他感到这些生命所背着的有常无常的层层压迫,在成年后的"反刍"中,他开始追究那生生不息、一代代"活"着的人们,是如何撑下来的?

将《黑蜻蜓》中的"小脏孩儿"和《红蚂蚱 绿蚂蚱》中的"我"并在一起,童年的佩甫形象就生动地跃然纸上。小时候的佩甫木讷寡言,内向害羞,他害怕跟人打招呼。在家里,他害怕母亲让他跟许多熟人叫叔叔阿姨什么的,在蒋马,他害怕二姐让他管这个那个叫舅。每逢这个时刻,他都低头不语。"小脏孩羞羞地低下头,扭扭地蹭着脚下的暄土,不吭。二姐又大人样地说:'认生。'村人疑惑地望着小脏孩,上下打量了,说'不像城里人……'。"不善表达的佩甫老实胆小,安分听话不逾矩。小小的佩甫,自我管制的能力与意志却超乎常人。二姐让他坐着等自己,他就老老实实坐着等,尽管屁股在田埂上硌得不舒服,他也一动不动。浓黑的夜色让他内心聚起浓烈的恐惧,但他还是压抑克制着自己,没哭、没叫、没动。他"心里害怕,很想动动,却又不敢动。他顺着田垄往前爬了一段,又赶忙爬回来,坐回印着两小半屁股的土窝里。多年后,他仍然记着那印着两瓣小屁股的土窝"。后来,恐惧中的佩甫,委屈无助的佩甫"坐在温热的土窝里不敢动,却狠命地骂二姐,一遍一遍地骂,用世界上最恶毒的语言诅咒她"!这"恨"不是仇恨,而是一个内向孩子的情绪宣泄,是一个不将心事示人的佩甫的表达方式,宣泄着翻腾在心里的强烈不满。

后来,二姐出嫁,姥爷、姥姥相继下世了。姥姥家的宅院渐渐荒败下去。后来,在新规划改建的蒋马村里,那个小院子就消失了。现在的蒋马,井然有序的大街小道,一排排对门的院落间,却再也找不到佩甫的姥姥家了。但是,真没有了吗?姥姥家的物质形状消失在了这个世界上,但留在心中的那些鲜明真实的记忆不会消失。后来,佩甫以不断书写的文字长久地"琥珀"起了这一切。成为作家后的佩甫,有意识地在中原到处行走时,常带着蒋马的记忆,这记忆是他文字世界的滥觞,他以蒋马为据点,将自己的文学领地扩大为中原大地。

就这样,蒋马村哺养了佩甫的精神世界,蒋马的田野和蒋马的姥姥、二姐以及几多的舅们让佩甫体验到了大地对人类"宽阔无边的捍卫与给予",也让他在冥冥间真切感受到了土黄色大地所体现出的无限的"自然的恩泽和温柔的土性",他的灵魂听到了天地间的神性呼吸,他不断地捕捉虚浑天地间的这股气息,他知道这才是所有生命的本源。童年的蒋马村的生活,给佩甫这个城市孩子的生命沉淀下一层珍贵的营养钵:乡村记忆——新鲜广阔的自由与源于人心、人情的温暖,这记忆日后将托起一个以书写中原大地为使命和责任的作家的灵魂,并成为他考量世事人心的参照系。蒋马是命运赐予他的珍藏,他将灰茫茫的天、苍黄黄的地刻进记忆,将绿油油的庄稼地、羊肠般的土黄路,以及混合了臭味和腥香的牛粪刻进记忆,还将路边不起眼但蔓延成片的野草、带着细细尘沙和青涩的风刻进记忆。成为作家后,他明白了:这记忆恩养了他一辈子的写作,写他们是自己的情不自禁,契合着主动的责任选择——站在这群人的立场上建构自己的认识并为他们发声。因此,写作大地是他坚持的方向,是受恩者带着亏欠心理的感动与反哺。他的写作就是对蒋马经验和情感的一次次回归。后来,他将这种情感扩展开来,蒋马就成了中原大地上一切村落的象征,二姐、舅们就化入了许许多多平原人身上。于是,深情眷恋这一切的佩甫,久久凝视、切切关怀、默默思考后,将对蒋马的写作辐射开去,前延后伸到中原大地的历史和现实。佩甫逐渐形成了自己的文学世界疆域,他就像田里的老黄牛一样,心无旁骛地用功耕耘起来。后来就有了的《羊的门》《城的灯》《生命册》等,这一部部作品,其实就是蒋马的种子,在豫中平原上开出的花朵。

小书虫的故事

1960年,7岁的佩甫在离家很近的古槐街小学上学了。那时候,孩子们如果不好好听课,会被老师惩罚的。佩甫记得有一个老师,对学生要求严格,"讲台上备一粉笔盒,里边放的全是用过的粉笔头,注意力稍不集中,便听见'嗖'的一声,粉笔头子弹一般射过来,正中脑门!准头很见功夫。"佩甫也被惩罚过。一次,"全班在操场上集合的时候,我说话了。老师便喝令我站出来,而后用粉笔在我周围画了一个圆圈……老师画的圈儿并不圆,有一个很大的豁口,可我仍在圈里站着,不敢动"。不过,佩甫印象最深的是五年级的张柱芳老师,他教数学,人很正直,对学生很亲。那时候,张老师喜欢打气枪,就在礼拜天带学生去郊区练习射击,佩甫常常跟着去。至今,佩甫的射击水平都挺好的。他还喜欢让孩子们玩抓特务的游戏,他分别私下安排每个同学各自的角色和暗号,然后,同学们就在他的导演中登场了。佩甫曾经演过两次特务。但后来,这个老师离开了学校,不知到哪里去了。1966年夏天,随着如火如荼的"文化大革命"的全面展开,"文革"作风也蔓延到了学校。他们的女校长被邻班的孩子兜头倒了一盆糨糊,丧失威严的老师成了被批斗、贴大字报的对象,学生不愿学习了,学校停课了,好在佩甫完整地上完了小学。1969年开始复课,佩甫在许昌一中继续读书。

尽管佩甫没有经过一个完整、纯粹的学习阶段,但他还是认识了很多字,这些文字将他带进了一个丰富无比的世界。以至于许多年后他还庆幸地说:"我们家就我自己沾了读书的光,是机遇。"

佩甫清清楚楚地记得,他是在小学三年级的时候接触到书籍,吃到第一口精神食粮的,他读的第一本书是《说岳全传》,那书已经烂得无头无尾了,是在姥姥家读的。后来,他看的书大部分来自一个同学,这同学的父亲本是清华大学的毕业生,家里藏书比较多。但他和许多知识分子一样,因此获罪,"顺理成章"地被打成"右派",常常被几个小脚老太太监督着在大街上"劳动改造",有时挖沟,有时扫街道,时不时还会被她们训斥。他觉得自己是受了读书的害,害怕读书使孩子们像他一样蒙难,因此,就把书锁在柜子里,严禁孩子阅读。但这位同学却是个调皮捣蛋的孩子,他常悄悄把书偷出来给其他孩子看,换一些馒头、糖果来吃。父亲发现后痛揍他一顿,但他"记吃不记打",还是外甥打灯笼——照旧(舅)。佩甫常用一块螺丝糖、两枚酸杏、一块橡皮,或者一个从姥姥家带回来的蝈蝈笼,从他那里换一本书来读。最初读的时候,有很多字还不认识,他就连蒙带猜地顺,依旧看得津津有味。换书的周期是三天,时间紧,白天上课外的时间不够用,佩甫就在夜里点灯熬油继续读。父母很支持他读书,两个不识字的人,在文人被批斗的年代,心里却很高看"知识",挺敬重"知识人",因此,他们宽容地由着他的"浪费",心里偷偷欣慰他的用功。这孩子专注读书的神情,时不时让他们在暗夜中焕发出对家族未来的美好想象和期待。翻开书的时候,佩甫像荒野上行走的旅者走进了绿洲,他如痴如醉地陷在书中世界,新奇、激动、贪婪地"吃"着。模模糊糊地,他感觉,生活不该是现在的样子,而应该是别样的。

佩甫看的书很杂,拿到什么读什么。连环画、苏联作品、三红一创(《红旗谱》《红岩》《红日》《创业史》),还有表姐从农村帮他搜集来的古典文学作品,像什么《三侠五义》《隋唐演义》《聊斋志异》等。偶然地,他还能读到一些英国、法国的中短篇小说。在这些书当中,佩甫难以忘怀的是那本《古丽雅的道路》。

2009年,佩甫应约为《中华读书报》写一篇有关"读书日"的文章,他写的就是这本《古丽雅的道路》。如果,有一本书,几十年后仍被人记在脑海,这本书对此人就一定有非同一般的心性契合、精神启蒙。这本书是佩甫此生所看到的第一部外国文学作品,作者是苏联女作家叶·伊琳娜,翻译者是中国儿童文学的著名翻译家任溶溶。这本书的第一版是1953年,里面有许多主人公的照片和插图,最前面一幅插图是幼年的古丽雅,卷发浓密,眼睛大而明亮,一脸的调皮可爱。她活泼、勇敢、坚强、有爱心,是那个年代典型的少年英雄形象。她敢摸可怕的大狗,打针忍住不哭,自己给自己报名上学,拍电影《游击队的女儿》时倔强而不肯屈服地驯服了那匹坐骑,以完美的骑马跨栏技术达到了生命中的第一高地。她珍惜时间爱读书,上进心强,学习不好时自我较劲、自我斗争和克制,终于以优秀的成绩跨过了人生第二高地。她热爱祖国,不惧牺牲,有献身的激情;她性格分明,敢于自责,鼓励自己站在八米高跳台上反复训练,参加全市游泳比赛和跳水比赛,获得优秀选手。同时加入共青团,跨过了人生第三高地。她跟谢尔盖恋爱结婚了,她立志上"水利土壤改良学院"去改造沙漠,她生完孩子"小刺猬"后又自愿参加卫国战争。在谢尔盖牺牲不久后,她跟战士们一起勇敢地冲向了德国人占领的壕沟,拼到最后壮烈牺牲。她以生命跨过了人生的第四个高地。

  时隔初次阅读的四十七年后,佩甫还记得在油灯下阅读时的激动、兴奋与渴望!他在回望来路时明白了这本书对自己精神形成的开启作用。他说:"我要说的是,正是这本书改变了我人生的走向,也由此改变了我的生活轨迹。……我有了一个人生的坐标。"准确说,这本书有意的主题引导让佩甫确立了与当时社会思潮相和的世界观——"高尚""献身""坚强"。"我得说,在我干渴的童年里,这是一本有气味的书。我一下子就闻到了书中的气味:甜点的气味,'大列巴'的气味,果酱的气味,还有沙发、桌布和羊绒地毯的气味……是的,这气味一下子就把我给征服了。还有声音和语气,那种用鲜牛奶和白面包喂出来的声音,那种在插有鲜花的、铺有亚麻桌布,大瓷盘里摆满了红苹果,甚至连呼吸都是诗意的。"说实话,这本书字里行间简单的激情和忠诚、符号情节的性格证明和品质说明并不能让人感动,粗糙的宣传式文字尽管印在白纸上沉默着,可好像每个字进入眼帘的刹那还带着挥手呼喊的空洞和喧哗。古丽雅的人生被浅表化地变成了一个"少年英雄"的成长事迹图片展，而每幅图片下面所附的解说词，是合乎意识形态需要、主题明确的价值观导语。可阅读这本书时的佩甫，正一边用孩子天真的眼神吃惊而疑惑地看着身边人打了鸡血般的言行，一边被这股浪潮涌来的气势所鼓荡，被灌注了那个时代意识形态对于人的思想精神的要求与提倡。何况，那时佩甫还爱读一些忠孝礼义的故事、看戏剧演出，这些都让佩甫在童年时期就向往忠诚地将自己奉献给祖国和人民，也让他觉得一个人的社会价值才是生命理应追求的目标和意义。而此时，《古丽雅的道路》现身说教，这个异国小姑娘的形象让乐于为社会贡献身心的佩甫沐浴到了榜样的耀眼光芒，感到了激荡胸间、"正合我意"的契合与共鸣。这本书和时代价值观、传统道德的"忠义"熏陶等因素一起，在早期导引了佩甫精神世界发展的流向，佩甫后来的文字，是这种社会意义和道德意义执着追求的因时而异的体现。佩甫将作家的生命意义与文字意义并为一体，将社会价值和道德诉求融为一处，在"古丽雅"的光芒照耀中，走到了变动极大的今天。而今天，或许，古丽雅仍然是佩甫价值标尺的基础刻度，这个女孩儿的品质和性格，她和爱人谢尔盖心心相印共同为祖国献身的"琴瑟和鸣"，也是佩甫心中关于爱情的理想模样。或许，刘汉香就是佩甫在几十年的变迁中孕育的中国乡村版"古丽雅"。佩甫在最早的两篇短篇小说《青年建设者》《在大干的年月里》中就以《古丽雅的道路》般的文字，描写过一对工人小夫妻同进同出同为国家建设事业忘我奋斗的"革命伉俪"之情，其简单刻意的情节和真诚情愿的赴身，叙述语调的高昂急切，与这本书都有相似之处。

那时的佩甫不会想到，在日后，书和他，或者文字和他，竟然是命运般的关系。后来，许多小学和初中时期读过的书，佩甫已经印象模糊，但阅读过程中的充实幸福之感他却记忆深刻，并和这段生活一起，在时光的浸泡中日益发酵出非同一般的价值。佩甫的童年阅读是粗浅的，认字量、理解力和时间限制下的囫囵吞枣都让阅读不够深入，但这又有什么关系呢？童年阅读让佩甫及早确立了他和书本之间的关系，形成了他和书本之间无以替代的情感，几十年不变的生活习惯。阅读给一个孩子打开了另一个世界，更广阔、更丰富、更动人，对这个世界的好奇和迷恋拉开了一个孩子的心灵与现实生活的距离，搭建了心灵与另一个虚构世界的通道，这通道让这个孩子有了超乎其上的参照和向往。更重要的是，阅读让这个孩子在学业被荒废的年代没停止成长，他仍然在不断汲取知识，可能会是"填鸭式"的，但童年填的东西总被保存得最好最完整，会在后来的不断返照中，产生新的营养来。造化就这样在冥冥中无声无息地为他确定了生活和命运的方向。

事实上，这代作家尽管早期没有受过太多的教育，但他们的文学之路是跟早期阅读的引领有直接关联的。很多作家在回顾自己的文学道路时，都会说起阅读世界优秀作品所受的影响。是隐藏在经典作品字里行间的写作奥妙忽然洞开了这些作家的文学灵窍，让他们借由别人而发现、走向了自己。余华就不止一次强调阅读经典对自己的作用："我觉得自己二十年来最大的收获就是不断地去阅读经典作品，我们应该相信历史和前人的阅读所留下来的作品，这些作品都是经过了时间的考验，阅读他们不会让我们上当，因为它们是人类智慧的结晶和人类灵魂的漫长旅程。当一个人在少年时期就开始阅读经典作品，那么他的少年就会被经典作品中最为真实的思想和情感带走，当他成年以后就会发现人类共有的智慧和灵魂在自己的身上得到了延续。"

这种大量吃进、熬夜广读的习惯被佩甫长期保持，成为他一生固定不变的生活习惯。直到现在，在一部剧本或小说写完后，他需要读大量书来清洗自己，补充养分。他当知青时，无论干活多么辛劳，哪怕是腰酸背痛，也仍然坚持每晚读书到半夜。他一如既往地读书，所读之书一如既往地多而杂，其中甚至包括不知从哪里弄来的《护理学》。实在无书可读了，他就工工整整地在本子上抄《新华字典》。后来，佩甫被推荐到许昌市技校读书。这个难得的读书机会让佩甫如鱼儿回到海洋般兴奋，他一口气办了四个借书证：许昌市图书馆、许昌县图书馆、工人图书馆和技校图书馆；还订阅了六本杂志：《学习与批判》、《朝霞》、《辽宁大学学报》、《天津师院学报》、(今《天津师范大学学报》)、《湖南大学学报》。也许与文学有关的只有一个《人民文学》。那时,佩甫的一个小学同学在邮电局当职工,整天骑着摩托车牛气地满城跑着送邮件,佩甫在他家里看订阅单上这些都是文科类的,就都订了。佩甫有时就是这样,一时激动起来就按捺不住,急于实现,考虑得不够细致周到。文科类的大方向是这个技术学生的理性选择,但这些饥不择食订下的杂志他并不了解,有些盲目。佩甫母亲很大气,对那二三十元巨款的支出毫无埋怨。也许,她从佩甫与一般孩子不同的定力和主见中感到了什么。她给了佩甫不一样的宽容与特权,这也是一个母亲对孩子志趣的保护、理解与兴家期望。

当然,对于佩甫而言,跟许多其他50后、60后作家一样,黄金阅读期也在20世纪80年代。那时,佩甫不仅大量"吃"进许多翻译来的西方现代主义后现代主义的文学,还有过去翻译的经典重印,有哲学、心理学等方面的书籍,有苏联作家艾特玛托夫、拉斯普京的作品,还有米兰·昆德拉、普鲁斯特、卡尔维诺、马尔克斯等人的作品,他不仅细细阅读,还认真地做了许多笔记。同时,他还"扫荡"了几乎所有杂志,他要看看大家现在都写了什么,怎么写的。这段时期的阅读对佩甫来说,是他真正自觉并理性认识文学、思考创作的开始。许许多多新的文学观念和文学表现方式让他目不暇接,让佩甫在反思新中国成立后文学整体的同时,也清洗更新自身文学观的陈旧落后处,反观自己1978年、1979年刚创作时的那几篇作品的热情幼稚;同时,佩甫开始实践——结合自身经验借鉴意识流表达内在认识和情绪,这成为他后来一直擅长、习惯使用的叙述方式。20世纪80年代的佩甫吃了大量"洋面包",可他却时时感到无法消化而烧心腹胀。内秀且爱琢磨的佩甫接受这些并不困难,理解也不困难,但他"拿来为我所用"却有些困难,他必须内化到自己的认识中,这认识又要能与自我生命经验相映生辉。他无法让自己像莫言那样迅速被照亮和点燃,读十几页《百年孤独》就灵窍大开,就明白了自己要怎么写。但这段时期的阅读让他知道了文学的高度在哪里,包括世界文学的高度和中国文学的高度。

眼里有高度的作家，就不至于会掉落得太远。

　　早期深入底层生活的经历让他的文字的根早早扎得牢实，而世界性经典的阅读又让他们具有了世界文学的眼光和视野，不约而同地，他们很快就成为中国当代文学强劲的支撑力量，直到今天。

知青队长

从20世纪50年代中期开始,中国政府开始组织城市中的年轻人移居到农村。1954年,郏县大李庄乡的四个村组织32名知识青年回村参加农业合作社,解决了合作社没有会计和记分员的问题,开创了知青参加农村工作的先例,得到了毛泽东的高度肯定,他于9月4日亲笔批示"一切可以到农村中去工作的这样的知识分子应当高兴地到那里去。农村是一个广阔的天地,在那里是可以大有作为的"。1955年,合作化运动进入大发展时期,《人民日报》于8月11日发表了《必须做好动员组织中小学毕业生从事生产劳动的工作》社论,第一次明确地向知识青年发出下乡参加生产劳动的号召。一场长达20多年、涉及1600万青年的上山下乡运动由此发动起来了。

1968年7月15日,大李庄乡依据毛泽东的批示,改名为"广阔天地大有作为人民公社"。特殊的名字和地位使之成为中国版图上字节最多的地名。在70年代,凭着"广阔天地大有作为人民公社"的公章,走到全国各地都可以一路畅通,此地被誉为"中国知青运动的圣地"。(1980年撤社建乡,将此公社更名为"大李庄乡",但在1993年首批知青下乡25周年纪念日那天,再次更名为"广阔天地乡"。)全国各地的这场知识青年上山下乡热潮,轰轰烈烈持续燃烧着年轻人的心。

1971年,初中快毕业的佩甫跟同学们一样,再无法将一颗囔囔跳跃的心按捺在课堂上。那时,他们在学校已经不再教授知识,而是接受政策宣传和政治教育。因此,他们早就被知青下乡运动鼓荡得激情满腔,渴望早日到农村接受锻炼,他们真诚地相信、拥护党和政府的号召,以为能用汗水和热血换来农村天地可喜的巨变。那时,佩甫跟几个同学热血冲动,最想去的地方是郏县,他和几个相处友好的同学商议:要去就去"广阔天地大有作为乡"！但佩甫回到家跟母亲一说,母亲就把户口本藏起来了。她不愿意让儿子去郏县,儿子下乡是时局要求,她没办法阻挡,但下到哪里,她要做主。她不放心让儿子去一百多里地外的郏县,任凭佩甫那几个好朋友一次次去她家,一次次痛哭流涕苦苦哀求,她打定的主意也坚决不变。没办法,那几个人含泪和佩甫惜别,他们如愿去了郏县,而佩甫就近去了苏桥乡侯王村。这个村距离家近,在许昌西北20来里,与佩甫父亲的老家丈地、母亲老家蒋马同属于一个公社。母亲放心了,宝贝儿子就在自己视线范围中,有什么事情好歹能照顾些。她爱佩甫,她要让长子在自己眼皮下才能放心些。佩甫下乡之后,几乎每个周末,母亲都要让弟弟去给他送衣物、吃食和书籍。

3月4号,佩甫怀揣壮志下了乡。侯王村是有三个自然村、十个队的大村子,下到这里的知青有六七十个人,大都来自许昌和郑州,还有一个来自上海的,很有音乐修养,会拉小提琴,跟这些中原本土的知青不大一样。

下乡后,佩甫表现出了超出一般人的意志和耐力。他踏实苦干,心里充满了对土地的深情,也充满了用之不竭的力量,像一头年轻的黄牛。在姥姥家的时候,佩甫旁观着人们紧张的劳动,他看到了力量的壮美;但在侯王的时候,他亲身体验了农民所有的劳动,真实经历了农民生计的各种苦累。麦子成熟的季节,一坡地的麦田像翻滚的巨浪,空气中弥漫着热辣辣的焦熟气,一阵阵逼入人的鼻息,佩甫他们唰唰唰地不停收割,身后的麦捆像一个个等着回家的孩子。成熟的秋天缤纷而丰富,大地这个丰硕的母亲像喝多了甜香的陈酒,她慷慨地挥洒着恩泽,魔法般地让玉米怀抱着金光灿灿的棒子,让蔓蔓绿秧的细须下藏着圆墩墩、外紫内白的红薯块,让一簇簇低小而幽静的花生棵下隐含着串串饱实,孩子们亲热而欢喜地唱着"麻屋子红帐子里面坐个白胖子",她还让黄豆棵挂了一串豆荚,那豆荚真是"牵着不走打着倒退"的拧巴性子,你用手抓时它毫不客气地用尖尖扎你，你不搭理它时，它倒没心没肺地自己咧开嘴笑出了几粒金豆豆。长庄稼的大地的神魅，佩甫在童年时期就体验过，而知青时期的劳动，让他更深刻地领受着这些。劳动是辛苦的，佩甫泼出去地割麦、扬场、垛垛、犁地、耙地、施肥，收豆打豆、掰玉米、出花生、刨红薯，他以满身汗水亲受了农民的劳作，这感受让他理解了农民生活的繁重，这感受是佩甫对乡村生存的认识基础："乡村的白日寡味而又漫长，那是苦作的时候，一日日驴样地在地里拽，又总是吃不饱。看老日头缓缓升起，又缓缓落下。那无尽的黄土路在一声声沉重的叹息中灰暗下去，继而又是一个一模一样的白日。"因为有过一样的生活内容，有对他们命运的目睹，他无法像许多知青作家那样，在回城后浪漫地怀念那段岁月，而是以那段岁月为认识真实而复杂的世界、人生、人性的起点，做一条路走到黑的追究。

在侯王，大队专门给这些知青盖了几所房子，他们的吃住跟乡亲们是分开的，这让他们有相对独立而自由的生活空间。他们跟社员一样劳动，一样每天记工分，十分为最高分。在知青队的五十多个人中，有四人常常能拿十分，佩甫就是其中一个。回想那段经历的时候，佩甫说自己是"时刻准备着，不知干什么"，他在为未来准备一个"我"，他甘愿为未来的"我"委屈现在的"我"。他心里一直向往做"大"的事业，也时时刻刻为眼前不可见的模模糊糊的"大事"认真刻苦地积淀着。未来是什么样子？不知道。不解未来模样，他却坚定地向往着，并积极从各方面严格要求自己。他干活老实，不偷懒耍滑，收工的时候，衣服总是被汗渍得湿淋淋的，能拧出一大把水来。干完活后的余暇，他不睡觉不打牌不闲逛，坚持每晚读书到十二点。佩甫个子高，喜欢打篮球，他希望能当县篮球队队员，可乡下没条件打，他就思忖着如何提高跳起投篮的能力。有一个人给他说，只要坚持三个月绑沙袋跑步、从坑里向上直跳，就能练就一身轻功，上个房顶是一下子的事情。佩甫信以为真了，于是，他坚持每天早上双腿绑沙袋跑步，还在知青房前边的桃树林子里挖了一个坑，练习跃出。坑很小，腿不能打弯，他日复一日地练，裤子磨烂了三条。三个月后，他发现跳跃能力确实增强了些，但根本不可能平步上房。后来，县篮球队来选队员，一量，佩甫光脚身高178cm，达不到最低180cm的要求，就落选了。这个梦想破灭了。有时，他还练习砍树，将手掌侧起来，一下下地劈……年轻的佩甫极早修炼出了坚强的意志力和超强的自制力，这品性，将使他在以后的文学事业中深受其益，但这过早被严格管理、不放任的生命，也使他失去了多种生活体验的可能。

1971年底，佩甫在乡亲们和知青间很快树立了威信，他当上了知青队队长。他年轻气盛，当上队长后，自觉有责任压在肩上，更加努力地带着人干活、主动关心别人，积极配合村里或者公社的任务安排。有一年入冬前，佩甫带了九个知青去禹县山里为全村人拉煤。他们背了一布袋干粮，拉起十辆架子车出发了。路上饿了，他们就在路边坐下，喝生水啃干馍，休息一会儿继续出发。到了晚上，一世界的黑，伸手看不见五指，让在夜中行走的人心生恐惧，佩甫感到"在无边的黑夜里，夜气是流动的，一墨一墨地流。特别是没有星星的夜晚，你能听见自己的心跳。眼前是无边的黑暗，身后也是无边的黑暗……你有一点点怕，越走越害怕……"。夜里，他们就在路边简易旅馆的大通铺上睡觉。可一屋子全是互相挨着的男人，女知青怎么办？佩甫决定护送女知青去附近村里寻个住处。他们几个男知青就护送两个女知青进村，走了大概一二里路，到了村口。突然，呼呼地，四面八方猛蹿出几十条狗，汪汪汪狂叫。佩甫的头发一下子根根直竖起来，双腿不停打战，感觉那狗嘴马上就咬在了腿肚上。但他不能掉头逃跑，他感到了众人的犹豫和胆怯，于是就心一横，壮壮胆子豁出去了，他走在最前头，众人紧紧跟随，硬是一步步把狗们逼了回去。后来，将她们安顿在一个慈眉善目的大婶家里后，他们又在一村的狗叫声中离去了。此后，乡村半夜的狗叫声，在佩甫的记忆里再也抹不去了。

佩甫兢兢业业，对队员们宽容忍让，碰上某个知青偷懒或者故意挑衅，他能装糊涂就当作不知道，真不能忍了就客气地提醒几句了事。佩甫这么年轻，并且在知青队里和村里口碑这么好，就有年长几岁的知青不服气,主动找茬上门。当时队里有个知青很烧包,经常带着绿色军帽穿着白色胶底鞋,后边还有两个知青甘当小弟追随着。有一次,他看见佩甫带领众人正在村头田地边挖坑,就晃晃悠悠地过来了,阴阳怪气地讽刺起来:"哟,真是干队长的料啊,积极得很哪!"佩甫心中不悦,但他只当没听见,继续干活。那人劲头更足了:"这么积极干吗啊?当劳动模范戴大红花?"佩甫停了停,想发火,但他再次忍住了。"装!装表现!"其他人都停住了,许多双眼睛看着佩甫,他觉得面子要掉了,就恼火起来,把手里的铁锹一扔:"你再说一句?""装!装表现!"佩甫握紧拳头,一下跃上地面,直逼那青年:"你再说?"对方不以为然地再次重复。佩甫一拳挥过去,那人一头栽倒在坑里。他那两个跟班惊慌地后退起来:"不就当个小队长吗,你厉害啥呢?""我就厉害!不服气你俩上来试试?"他们看佩甫怒目金刚样,犹犹豫豫不敢上前了。可是,当着全队人的面,关键是还有那么多女知青,那烧包就觉得太丢脸,回去后,想想实在咽不下这口气,就左手拿刀右手掂粪叉,闯到佩甫住屋前要雪耻。佩甫也不甘示弱,抄把铁锹就迎了上去。众知青纷纷上前,拉着、劝着他们,这架没打起来。这件事过去了,但这件事的影响没过去,当天传到了村支部。晚上,村里要选党员,村民生产队的队长选上了,佩甫这个知青队的队长落选了。佩甫有些失落,他将这两件事作为因果联系起来看了,于是,就有些懊恼下午突然岔出的这档子事。佩甫不满这个没事找事的破坏者,也暗自责备自己,一贯不惹事能忍的他,那一刻怎么就"小不忍"了呢?

佩甫就是这样,从小到大不惹事上身,他能忍则忍能退则退,只想换来安稳与宁静。但有时事情逼到眼前,有伤尊严和面子,他就不忍不退了。在众人的眼里和心里,在自己眼里和心里,他不能把自己做小了。

在侯王生活的佩甫,很快直面了农村人际关系的真实结构和农民们的人性素颜,那么清楚具体而丰富的一个个细节,不同于童年记忆里的二姐和几多的舅们,让佩甫在原本单纯的感恩与眷念中,多了另一种深入了解后的失望和怀疑。尽管当时的那些模糊认识，佩甫并没有进一步思索，但这部分生活经验的积累却是他后来在反刍过程中咀嚼多次、不断品味的原料。

作为队长，佩甫多次目睹了乡村权力者的权威和力量，也见识了他们对权力的具体实施过程。那时，他经常在夜里参加村里的队长会议，有时也与大家一起去公社开会。佩甫在与乡村支书或村干部打交道的过程中，熟悉了他们那"铁塔一般的身量"是如何"披着涤卡褂子，胸脯挺着，两手背着"在村街中威风来去，并发出"响亮的咳嗽"的；熟悉了他们是如何站在村口用眼神鞭得一个个从田里回来的村民勾头缩肩、贼般怯眉怯眼。看过听过琢磨过后，佩甫不由感叹他们掌控村庄的"智慧"和"手段"。一个村庄就是一个小社会，是一个场，这些场域的控制者，他们心里一层层的"真"被脸上一层层的"假"掩盖着，他们将一层层的"私"藏在一层层的"公"幌下，在"村民"的"软塌"和"畏惧"中，成了一方土地上呼风唤雨的主人。那个时候的佩甫，没有完成这些认识，但他积累了原始疑惑，这疑惑里还搅混着自己被重用为"千里马"、被推荐上学的感激之情。这矛盾被延伸进他的文本，成为他塑造这些乡村权力人物时的矛盾态度（或者叫两端选择，有时是普通村民立场的揭发与痛恨，有时是受恩者立场的歉意与回报）。

在实际接触中，佩甫也遭遇了"村民"身上让他意想不到的真实。比如有一次，佩甫跟两个知青一起去邻村看电影（那段时期，农村的电影场和戏场是很特殊的地方，许多年轻人"身上有说不出来的躁气，走出来身上的血乱蹦"，他们并不奔电影或戏而来，这里是他们出风头、撒欢、发泄的场所，他们常常没恩怨地打架，没来由地吼叫、吹口哨，没目的地抛黑砖等），当时电影场里人很多，一个矮个子知青被一个大个子农村青年踩了一脚，他就有股火腾腾烧上来，问佩甫："有人踩我了，打不打？"佩甫不愿意惹事，可又不想被认为窝囊，或被误认成身为队长不担当，就推延道："看完再说吧。"看完后，人们缓缓散去。那知青念念不忘地逼问道："你说吧，到底打不打？"佩甫没办法，觉得也要顾及自己和知青的尊严，就说："那就打吧，你能认清楚人吗？""能认清，他背上烂了个三角口子,露出一大团棉花。"于是他们就迅速锁定好目标,狼一样地冲过去,那人一看不妙,撒腿就跑。乡村的土路坑坑洼洼,他们深一脚浅一脚地狂追。追上后,那两个知青手脚并用一阵狂揍,佩甫觉得三个人打一个实在不合适,就没动手。那情景佩甫记忆深刻,一路上,散场的村民们三三两两络绎不绝,但竟然鸦雀无声!他们迅疾地悄悄快溜!"天已经黑透了,月光像是豆腐做的,很软,四周花嗒嗒的,像是在梦里一样。……那天晚上的月光是沉默的,那也是我有生以来第一次看到月亮的豁口,月光就像是被咬了一口的烂黄瓜,它就烂在了那个'黑大个儿'的脊背上。'村民'也是沉默的,走在那条土路上的'村民'迅速地四散开去,一言不发。我们追到哪里,哪里的'村民'就成了沉默的羔羊,很快就躲到一边去了,没有一个人站出来帮他。"是的,这事、这人或许与他们毫无瓜葛,但发生在身边了,近在眼前了,他们伸一伸手、张一张口就会不一样,难道真的与他们无关吗?这个事情让佩甫震惊,心上撕了一个关于蒋马的记忆中所没有的裂缝。此后,这裂缝在佩甫的继续观察和体悟中越来越宽深,带着他去探测了人性、民族性的底部和根因。后来,他多次在小说中叙述过乡人如此私怯、这般是非不分的行为,带着深深的感慨与叹息。比如《羊的门》中,蔡花枝被抓走判死刑,一村人感于他的恩德,群情激昂地要为他走上不达目的不罢休的寻访路。但走着走着,他们纷纷"尿一泡"进了玉米地,再没出来。"八哥一下子惊呆了!一村人,一村人哪,上千口人的弯店,有着那么多的能人,那么多的汉子,那么多的'嘴',遇上事的时候,却只有这么三个弱女子?"

佩甫跟很多50后的城市作家一样,经历了下乡做知青的生活,但他跟梁晓声等又不一样,从没有写过关于知青生活的小说,那贫困环境、艰苦劳动中值得怀念的激情、梦想与爱情。为什么?是因为许昌这个中等城市本身就像个集合的大农村,没有北京上海那大都市经验背景下的反差度?还是因为佩甫17岁下乡之前,大杂院底层生活和蒋马村人的生活体验已经铺就了他生命体验和情感的底色?知青生活对佩甫是深刻童年记忆进一步的延伸和丰富,他插队的苏桥乡侯王村和蒋马村相互补充映衬,成为他观照和写作中原大地的两个原乡。在侯王,他以相对成年人的眼光认识了村庄,捕捉到了缭绕村庄的庄稼和人场的各种气息,这记忆成为他一辈子不断再体会再思索的原材。蒋马和侯王,也是他后来经常去住一阵的地方,是他延续记忆、不断认识大时代变化的观察据点。

"我是有亏欠的"

激情满腔、立志在农村"大有作为"的佩甫，下乡的第一天，就碰上了一件令他震惊的大事件——他亲历了一场批斗会，被批斗的对象不是地主富农，而是一对年轻的知青。那天，正在劳动的知青队里，忽然发现少了两个人，一男一女，全体知青和村民就到处寻找。后来，在村头一大片密不透风的芦苇荡深处发现了他们。于是，村支书紧急集合大家，将他俩押到台子上，声色俱厉地批判起来。吼叫般的训斥和喊喊喳喳的讥笑声像削皮的刀片，一下下从他们身上划过，他们死死地垂着头，一言不发。在那次批斗会上，支书反复强调："知识青年要好好劳动，不许谈恋爱胡来！如果再发现，坚决严惩！"佩甫被这意想不到的场面惊住了，他暗暗告诫自己：引以为戒，千万不能犯这种错误。

全国各个地方的知青生活简单而复杂，有一系列的实际问题。佩甫他们相对好点，村里给盖了单独住房，但还是有吃饭、看病等方面的具体问题。1973年4月25日，毛泽东在东南海收到了福建莆田一位知青父亲李庆霖的信。在信中，这位父亲不仅反映了知青生活上的困难："孩子上山下乡后的口粮问题，生活中的吃油用菜问题、穿衣问题、疾病问题、住房问题、学习问题以及一切日常生活问题，党和国家应当给予一定的照顾，好让孩子在山区得以安心务农。"信中还反映了一部分知青不好好劳动，"拉关系，走后门，都先后被招工、招生、招干去了"的不公平现象。毛泽东看到后，当即复信："李庆霖同志，寄上三百元，聊补无米之炊。全国此类事甚多，容当统筹解决。"周恩来总理受命当即召开会议，着重研究了知青下乡的一系列实际问题，及时调整知青政策，加大生活补贴的发放，迅速组织12个调查小组分赴各地，实地调查并解决所存在的问题。李庆霖这一事件，使一些长期存在的问题得到相应缓解，一定程度上保护了知识青年的人身权利，改善了他们的生活条件。而佩甫他们的生活，并没有后来调查发现并严惩的恶性事件，但衣食住行上的不足还是有，比如那时佩甫的工分最高，但一年下来也就领到7元钱。经此一事后，他们的生活也得到了改善和提高。

从1971年3月下乡，到1974年7月离开，佩甫在侯王待了约三年半的时间。侯王的知青，大部分来自郑州和许昌。中原的城市青年跟中原农村的生活习惯、语言文化等距离很近，没有上海、北京知青远到云南、贵州、陕西、东北等地的大落差（那种地理、语言文化、生活习惯、观念和精神上的大落差），他们很快就学会了怎样干庄稼活，很快就习惯了乡村的生活方式。佩甫没有产生过那些大城市知青下乡时的新鲜感，他只是又到了一个挺熟悉的"老家"，乡景如旧，乡音无改，乡情依然。可是，那个在蒋马的小脏孩已经长成了青年，他的热血中也涌动起浪漫情怀和情感渴望，任劳动和阅读也无法压抑。

有一个知青是从上海来的，会拉小提琴，琴声缠绵动听，让这帮常听唢呐大鼓的中原知青如痴如醉，也让佩甫产生了一种说不清、扯不断的柔软悠长的情愫。闲暇日子里，他们坐在院落里休息，一边捉着裤缝或头发里的虱子，一边听上海知青拉婉转倾诉般的《梁祝》。阳光"在土墙上缓慢地移动，很闲适地移动，映着灰灰的隔年雨痕的亮光。有风时，院里的树摇一摇，漏下一地碎碎的影儿"。下雨时的院子更加安静，窗外"瓦沿儿上的水一串一串地滴下来，先还是密的、连珠儿，而后就缓了，晶莹着、亮着，一嘟一嘟的"。他们聚集在屋里聊天，在小提琴声与雨声的合奏中，佩甫会带着莫名而来的、淡淡的寂寥和感伤，静静发呆，任思绪在一天地的雨里漫天飘飞。

慢慢地，小提琴拨动了年轻人的心弦。

可是，在1973年秋天的一个早上，这把小提琴却被踩烂了。那时节，玉米快要长熟，嫩香可口地诱惑着一张张饥饿的嘴巴。为防有人偷，村里派几个知青到地里看熟。他们卷了几张草席，在夜色将暮时来到地头,摊开草席,四仰八叉地躺下来。夜色铺天盖地地来了,田野里热闹极了。蛐蛐儿和蝈蝈此起彼伏地欢叫着,一颗颗庄稼也似被附了灵,七嘴八舌地说起话来,玉米的声音哗啦啦地响,像性格爽直的妇女高声大气地拉家常;花生的声音轻轻柔柔的,像情窦初开的少女娇羞、细小而青涩,不仔细捕捉就会一闪而逝……在大自然美妙生动的众声里,在夜的暗色里,他们翻来覆去睡不着,内心里涌动着白天没有的情绪,那情绪兴奋而自由地盘旋在心间。于是,上海知青就起身,夜色中出现一个优美的身影,一曲一曲地应和着。夜空下的乐声更加迷人,像从遥远的天际飘扬而来。不知过了多久,他们才渐渐平静,在模模糊糊的冥思中慢慢睡去。

早晨,无边无际的白雾还没散去,还在酣睡中的他们,就被村民嘹亮的吆喝声吵醒了。那是赶着牛车送粪的村民,在庄稼快收割的时候,他们趁早将粪肥拉到地头,等收成后就撒向大地,以让它更肥壮地营养下一茬麦子。知青们惊慌地爬起来,可是,一头牛已奔到席边,牛蹄一抬,刚巧就踏在了上海知青的席子上,只听"啪"的一声脆响,席下的小提琴就被踩烂了。上海知青顿时哭了起来,他太爱那把小提琴了,每晚都小心地放到席子下面。他对着老农和老牛叫嚷,可对方只是一脸无辜地看着他。佩甫顿时也无措起来。他感受到了那失琴的疼,觉得自己也有责任,应该赔偿人家一把。心里扛不住这愧疚,他专门回到许昌,在大街小巷的商店转了好几遍,想给那知青再买一把小提琴。可他怎么都找不到。那时的许昌,半城半乡,连把小提琴都没有。

佩甫也渴望爱情。从 9 岁开始,那种心绪就暗暗开始萌生。50 多年后,佩甫还清晰记得 9 岁阅读《古丽雅的道路》时,他就懂得了爱情:"还有爱情,'布拉吉'迎风飘扬!这本书让我早在童年里就有了关于爱情的标尺:一个穿'布拉吉'的姑娘正向我走来,汪着一双水灵灵的大眼睛,脚下有一双天蓝色的小皮鞋。它象征着:高贵、美丽、健康、善良。"在《满城荷花》中,佩甫以第一人称写了上小学的"我",喜欢班里一个叫冯小美的女孩儿,她"不但学习好,长得也好,简直是瓷娃娃一个","她的脖子细瓷瓶一样,白乳乳的,似乎敲一敲会响,禁不住想摸一摸,却又不敢,偷眼去看那粉粉的小手,眼里就生出一只小手来,慢慢地慢慢地往前探……"(此类描写在其他小说中也多次出现)。老师发现他上课不专心就惩罚他,放学后画一个圆圈让他站进去,并让冯小美监视他不许出来。这个单独相处让佩甫"真的很想跟她说一点什么……可站着站着,我想尿,却又不好意思开口,就拼命地夹紧双腿……我浑身抖起来,浑身像筛糠似的抖着,可我坚持不开口"。类似佩甫性格的内向、自尊、羞涩,像一张巨大的网,罩住并压抑了一个男孩子的情窦萌动。

可是,那生命的情窦要开,要蓬勃生长,终归是任什么也挡不住的,它会在人的心田上郁郁葱葱。不知从什么时候开始,佩甫跟队里一个女知青相互产生了心照不宣的好感。异性相吸是微妙难言的,明明没有什么言语表白,没有什么行动暗示,可那眼神间的欢喜、害羞、躲闪却能将信息明白无误地传给对方。佩甫和她,心有灵犀、暗暗惦记、悄悄牵挂起了对方。女知青见他会故意绕开,她羞怯地不知在心怦怦直跳的情况下如何与他相处。佩甫心里领略着这些,那喜悦、激动的波纹常一圈圈荡过心河,扰了平静,可他也不会主动去表达,他不敢,也不知道该如何表达。那时候,知青间的恋爱多是隐蔽的,不过,也有迹可循。一般来讲,如果哪个女知青常常给某个男知青洗衣服了,基本就可以确定两人的感情关系。但是,这个女知青却从没主动给佩甫洗过一次衣服,佩甫也没去拜托过她给洗衣服。佩甫不怕苦不怕累,田里劳动他能发狠劲泼出去死干,但他特别怕洗衣服。他心怀希望并等待着,他希望这层纸能被对方先捅破,对方能来帮他洗衣服。压抑——渴望——失望,失望——压抑——渴望,情绪的循回流转、这些长长等待后的失望,让佩甫开始心烦,日积月累地,他心头积攒下许多诉不出的委屈。不过,他的委屈和愤怒从不施与别人,都是施与自身的,他用自己跟自己较劲、自己跟自己发狠的方式让压抑下来的情绪转变为营养和驱动。他更加积极拼命地干,可是,他想要离开了。他甚至不满地想:一旦离开,就再也不回来了!这个念头逐渐明晰强烈的时候,佩甫知道,无论发生什么,他是不会动摇的。

后来,经过大队、公社的推荐,佩甫要去上学了。离开侯王时,他将自己一大摞的书捆起来,托人送给了那位女知青。就这样,一场原本可能有故事的感情经历无所谓始,无所谓终。

佩甫离开后的知青队,人心开始涣散。那扎根的豪情壮志渐被思乡的深切、混世的厌倦冲淡、冲没了。侯王村的知青们开始放任自己,放任青春。许多年后,佩甫跟知青队友相聚时,大家在悲喜交加的心情中追忆当年,说起了许多往事。有一个男知青,当年整天要模要样地穿一件白衬衣,还塞进裤腰里,煞是潇洒。他说,那时他和一个女知青,两年内竟然堕了四次胎,最后那次他出去买东西回来后,那女知青竟然不声不响地走了。此后再无音讯,再不联系。第一次听这个事情后的佩甫吃惊不已,他不明白别人怎么这么放得开。他在后来时日的咀嚼中,常为当年自己的放不开而深感遗憾。没有任性放青春自由奔腾,辜负了年华,束缚了心意。人很奇怪,佩甫有时很容易激动,但他却常能将自己束缚在"正常范围"内,那激动就像遇风涨潮的浪花,刹那间起,刹那间落。一起一落间,许多起许多落间,留下多少挥之不去的怅然若失。

佩甫的早期经历,就这样缺了一块。他渴望能牵着一个女孩子的手,在街上漫无目的地走一夜,他没有实现过。而他后来的婚姻,也没有弥补这一块。许多年后的回顾中,谈到哪一段经历营养了自己,或者性格中的哪一方面成全了自己,佩甫会说"我是沾了光的",但谈到感情,他仍有些委屈和遗憾地说"我是有亏欠的"。是的,这亏欠是他成长体验的不完整,这不完整的欠缺让他在写作情感时,常有避免不了的硬伤。

时光很残酷,它不可逆,明明就那么缓缓悠悠,一天天一月月一年年地循环不断,可每一天每一月每一年所带走的,却再也不会回来。那些因为种种原因失之交臂了的,在越来越远离的回望中,催生出无限感慨,却再无可能弥补纠正。可时光真的逆转回那个时刻,就像《月光宝盒》里的那一幕,又怎样呢?还是那个人,还是那样的少不更事、那样的性格,再给一次机会,也不一定会产生另一种结果。他还是会有那可说不可说的顾虑，有冲决不了的沉默和矜持，有那事业权衡中强烈过爱情、重要过爱情的现实追求暗中控抑着情绪。时光倒流，让佩甫重来一遍，也许还是一样。那个站在路灯下等戏票、那个跟着二姐走在村街不敢叫人、坐在田垄不敢挪动的小男孩，仍不可能去主动表达和交流。何况，不主动表白，除性格上的原因外，是否还有其他顾虑呢？事实上，他是不允许自己关键时刻率性犯错而影响"大事"的，他心里的重和轻、大和小、主与次，在那时次序分明，毫不含糊。所以，从事写作以来，他以文学事业上的日日精进为重，人情世故上的你来我往为轻；读书思考为大，柴米油盐为小；"大道"追求为主，个人情感为次。不仅他是这种思路，他笔下所有努力奋斗的男人，概莫能外（除了李春生）。李治国、杨如意、呼天成、呼国庆、杨金魁、冯家昌……他们身后，大多还都有一个主动奉献的女性，而这些女性付出的情感，基本都成了他们社会价值追求与实现过程中的祭品。这应该不是偶然，是社会性现象存在与作家内在思维的综合体现。在佩甫的意识里，大男人的建功立业事大，爱情不过是生活的点缀与补充。

但这亏欠让不断回望的佩甫越来越明白其分量。成为作家后的佩甫，一旦写起爱情，就捉襟见肘，他无法突破这欠缺对文学表达的制约。年轻时的佩甫追求自身之正，以时代典范的形象要求自己，但有时过于端正、不敢任性，何尝不是人生体验层的损失？作家的经验单一会不会造成所孕育的人物性格的单面？在叙事过程中会不会遇上难以克服的茫然无助？自我体验对佩甫的创作来讲，那么重要，他不是可以顺着一点内心因由和经验，就可以让想象天马行空地在虚像中远行的作家。他是经验提炼型作家，无数个深夜，他让亲身经历和耳闻目睹的人、事、物、景，在心里不断呈现、定格，然后注视，久久后，生发出认识，文学就是他对认识的表述。经验于他，不仅是表达的基础，还是表达内容的边界。那么，欠缺的经验部分在情节必要、不得不硬头皮正面强攻的时候，佩甫是怎么写的呢？这生活经验的欠缺，是命里无缘遭逢还是人囿于主体因素的错失？

细细研究佩甫的文本，会心生遗憾，当他写到爱情时，他那平时灵动而深情的文笔凝滞起来。但爱情又常常是情节发展、人物形象里的必需品，他只好努力发动想象、正面强攻，可文笔总是显得有些又虚又硬。早期作品里，年轻人的爱情细节是同进同出共克技术难题，就像《朝阳沟》拴宝与银环共赴祖国大建设，比如《青年建设者》《在大干的岁月里》；后来作品里的爱情，有些是农村才子遇上慧眼佳人，像是王宝钏看上薛平贵，可这才子都做了陈世美，比如《无边无际的早晨》《城的灯》；而有些爱情，不过是英雄主角形象的陪衬点缀，这时的女人是心甘情愿的飞蛾，比如呼天成与秀丫。当然，还有李满凤这样的女人，爱情是她们一根筋性格的体现，但不见有感情回应。佩甫在《生命册》里想写跟男人的社会性无关，只跟生理和心灵有关的纯粹爱情，想做些突破，但那突破停留在了老姑父选择爱情时，一眼看上后就将命运搭上去的率性；停留在吴志鹏一生洁身自好，痴心地对露水般的过去情感的信守，并经几多坎坷去寻找的空泛上了。

"李佩甫就这么写下去吗？一年又一年……写到最后他只是个什么？为友人不惜两肋插刀之侠义……为文也是真气袭人熠熠光华。但这能造化出一个第一流的真正有着伟大而苦难历程的大作家？大历练大胸次大淫而大得大恶而大善，李佩甫达到了具备大作家的心理层次和生存层次了吗？慧心与慧根只在封闭里是会沤烂还是会长出新芽？"这是艾云二十多年前的话，指出了佩甫无法改变的自限。但作家都有经验、才华、性格、思维上的短板，也都会投射到文字中，没办法。对于作家来讲，也许行者说得对："年轻时要放开些，勇敢去多体验，好事坏事都多干些。到以后，或许化为了土壤和底料。"

那天早晨的喜悦

渐渐地,佩甫想要离开侯王了。几年来对农村生活的真正深入,让他开始感到一种灰灰的疲倦,他心里甚至滋生出难以言喻的恐惧——被淹没于无形的恐惧。这就是他们要将青春奉献出来的事业吗?像个农民一样在土地上劳作,就是他们当初热情追求的人生价值与意义吗?真的扎根下来,像个农民一样盖所房子、生儿育女,每天泡在这样的人场中,经受许多双"眼睛"和许多张"嘴巴"的"洗礼"与"改造",心会像放在鏊子上一样,备受煎熬吧?佩甫旁观过这样的人:《豌豆偷树》里的"老姑父",本是个下放右派,被下放到农村劳改,他后来娶了个农村媳妇,在村里人的"调教"下慢慢被同化,失去了自己。他当上了村小学的校长,穿起了女人的偏开口裤子,助村主任淫威而施不公给学生,规规矩矩地学会了"二十四叩"礼……这样的人,佩甫写过好几个。那么,他那时在旁观"他们"时,会不会既同情又警惕,恐慌自己也与这人一样就此陷落?

那么,理想呢?还有没有一个叫作"理想"的事物模糊地存在于未来时空中?此时的佩甫,内心不甘、委屈,他觉得自己还有个甘愿去全力以赴的理想,尽管他不清楚是什么,不清楚何时才能实现、如何实现,但他很明白自己的理想绝不是过侯王的这种生活,侯王不是自己命运的落脚点,庄稼地不是自己"时刻准备着"的事业领地。他心里攒着的一股劲,是侯王这个并不"广阔"的天地无法装下的。他渴望走出去,有更多时间去学习和思考,渴望有更高的平台和时机供本领施展。而那萌芽良久的爱情迟迟没有进展,也让佩甫失望了。他决定放弃。

可是,当知青可不是说来就来、说走就走的事儿,他必须有正当通行证才行。于是,他更加积极地配合公社、村里的工作,更加努力地带头苦干,他希望可以得到一个被推荐上学的机会。1974年春天,苏桥公社有了两个推荐指标,但下边一二十个村庄,每个村庄那么多农村青年想借此改变命运,那么多知青想借此回城,怎么办?佩甫表现好,给公社和村里的干部、群众都留下了深刻印象,大队把他推荐上去,母亲知道轻重,不放心,就想方设法从老家亲戚中找了个能说上话的人,她要保证这个事情进行顺利。公社把佩甫推荐上去后,母亲心里才踏实。

1974年夏天,佩甫如愿离开了侯王,被推荐到许昌技校(当时叫河南省第八技校)上学,学制两年。在技校,他学的是车工。这几年的学习和工作,表面上跟他后来的职业没有多大关系,事实上却至关重要——他能进入学校读书学习了。此后,他更热爱读书了,一下子办了几个借书证,市图书馆、县图书馆、学校图书馆等,他都经常去借阅。有一次,他正在县图书馆的书架上拿书,来了一个其貌不扬的家伙,长得黑黑的,他说自己是作家,作品要发表了,来查阅点材料,图书馆老师对他恭恭敬敬的。佩甫很羡慕他可以发表文章,心里第一次萌生这样的渴望:我也能写文章发表该多好!于是,佩甫心里就埋下了一粒种子。佩甫在技校依然追求上进,当上了学校的团支书。团支书是要负责办黑板报的,他就在办板报中开始尝试写作。由此,自自然然地,他的人生轨迹有了变势。

1975年,河南发生了一件震惊中外的历史事件:驻马店发大水。1975年8月5日,驻马店境内开始连降特大暴雨,据说雨大到洗脸盆子伸出去,顷刻即满。8月8日,板桥水库垮塌,很快,全市大大小小60多座水库全部垮坝,大平原上一片汪洋。水利部原部长钱正英作序的《中国历史大洪水》一书中,所披露的死亡人数超2.6万人。关于这个死亡数目,至今仍被怀疑。许多人顷刻间家毁人亡,地淹畜没。关于此事的缘起和灾难程度,因透明报道过少,至今争议不断。关于这场大水,佩甫记忆深刻。"那是夏天,夏天里我病了,害的是疟疾,浑身发冷,盖两床被子还冷,终日躺床上望天儿,天是很热的,热得躁,热得不祥。"发水后的难民流离失所,到处流浪,许昌、郑州等地都设立了灾民安置点,在许昌的安置点,市民们纷纷帮助他们,救助灾民成了政府、百姓、学生的关注重点。"那时街道上组织各家各户烧汤烙馍给难民送饭吃,家人、邻人就一挑一挑地把饭送到街上,那场面是很感人的。我躺床上没事儿做,就写了一首名为《战洪图》的长诗。我不会写诗,一激动就写了。瞎写。夏天过去了,技校开学了,就上学。国庆节学校要出墙报,因我是班里的组织委员,让我写点什么,我不愿再费事,就把那《战洪图》拿出来交差。后来就登在了墙报上。同学们看了竟说不错。一位老师看了,对我说:'写得可以,你给刊物寄去,说不定会用呢。'那时觉得刊物是很神圣的,就撑着胆子寄了。我盼着回音,可一个月过去了,两个月过去了,一直没有回音。我焦焦地又问那老师,那老师说:'不退稿就有希望。'于是就一直希望下去……"他牢牢记住了老师的话,"不退稿就有希望",这句话引起的盼头,点燃了佩甫继续写下去的念头。但我想,当时没有这句话,他还是会继续写下去,写作是他喜欢阅读的顺延,也是他敏感内向的性格所必需的心灵出口,是他此时开始清晰意识到的人生之路的起点。

1975年8月到1976年,他不断尝试着写东西。1976年夏天,他技校毕业,被分配到许昌市第二机床厂当技术工人。他每天在轰隆隆的声响中开车床,车床一开每分钟三千六百转,产品是头发丝的六分之一,一旦错了就是一堆废品,佩甫感到高度紧张。车间里,"一座座'铁怪物'发出轰隆隆的响声,削铁如泥的车床'唰唰'地飞速旋转;半空中一间会'飞'的房子'丁零零'伸下一只铁钩钩儿,把好大的钢锭打秋儿似的吊来吊去……"。那时,厂里的工会主席体恤这个年轻人的勤奋惜时,特意将自己办公室的钥匙给他,让他在夜班时可以有个安静的角落读读书、写写文章,但这三班倒的车间工人生活并没让他感到快乐和幸福,他无法产生让心安定下来的归属感。他已经对另一种生活方式明确而强烈地向往着。

1976年底,佩甫写了一篇短篇小说寄给了《河南文艺》,没过多久就接到一个公函,邀请他去郑州改稿,佩甫兴奋地想象着文字印在纸张上的幸福与自得。第二天,他就请假去改稿。八天时间,他根据编辑的意见改了八遍,最终修改得面目全非。佩甫头昏脑涨、气急败坏,失望而狼狈地坐车回去了。许多年后,他这样回忆:"一个月后,《河南文艺》来信说让我去郑州改,很激动,觉得成了,'成'得很容易嘛,坐上车就去了郑州,住在河南日报招待所。见了编辑一听,心凉了半截!那所谓的'改'几乎等于重写。很躁,就改吧。八天里改了八遍,日夜兼程,赶路一样累,后来终于没成。编辑说:'据我多年的经验,编辑咋说你咋改,改不好。'我记住了这句话,终生记住。当时我蒙了,仓皇出逃,把牙具都扔在招待所了。心里愤愤的,也不知恨什么。坐上火车,我又狠狠地'刻'了郑州一眼!就觉得'脸'丢在郑州了,终有一天得'拾'回来。……回去又写,心里骂着写。写一篇又寄给了《河南文艺》,编辑来信说:写得不错。但为了慎重,你再改一遍吧。看来编辑也是有难处的。知道稿子发表并非由编辑一人说了算,有好多'关'呢!就改。终于,稿子在第二年第一期发出来了,叫《青年建设者》,很不像样子,心里还是高兴。这年,我一连发了三篇小说……严格地说,那还算不上文学,那仅仅是串着概念的句子。"

1977年,"文革"结束后中国社会新时期的起点年,也是佩甫命运的重要拐点。在这一年,他一口气写了三篇短篇小说,都在1978年的《河南文艺》上发表了出来。处女作是《青年建设者》发在第一期。1978年1月的一个早上,喜欢打球的佩甫早早来到厂里,准备与工友们打一场。走到大门口,他习惯地先去传达室翻一翻报纸,忽然,他看到那天《河南日报》上赫然登着《河南文艺》第一期的目录,心里顿时咚咚跳起来,他忐忑而急切地寻找着自己的名字。一行行看下去,突然,他眼前一亮,"李佩甫"三个字醒目出现!是李佩甫!千真万确!他极力压抑着涌上来的激动,将那份报纸折叠着装进工装的布袋里,然后到操场上打篮球。那个早上,他笑容满面,奔腾跳跃,怎么打怎么顺,怎么投怎么中,连投了好几个三分球。他们队打胜后,队友们高兴地拍他的肩说:"打得好!厉害!"佩甫笑着,并不说什么,他藏得住话,不爱炫耀,但他暗暗给自己鼓起了更大的劲头!继续写,要写得更好!

接着，他在《河南文艺》第5期发表了《在大干的年月里》，堪称《青年建设者》的姊妹篇。然后在第10期发表了《谢谢老师们》。这三篇短篇小说是他早期精神趋向的印记，主题是当时普遍流行的为社会主义建设流血流汗，写法是五六十年代社会主义现实主义的那套方式。《青年建设者》和《在大干的年月里》直接以厂里的技术工人为主角，写青年工人废寝忘食、不分昼夜地为祖国建设大业无私奉献着。"建设"和"建中"是那个时代许多人常用的名字，那时，全国人民的忠诚都突出地表现在外，孩子们的名字就是一种表达方式。从五十年代的"跃进"到七十年代的"建国""国强"等，也是民心主动接受政治意识植入的体现。他们一心扑在如何提高厂里的设备效率上，整天画图纸查资料做实验，他们焦急专注地为突破技术难关而苦思冥想、绞尽脑汁，响应着当时党中央"大干快上"的号召，争分夺秒地奋斗着。他们的精神榜样是雷锋，人格理想是奉献。《谢谢老师们》与这两篇区别较大，以成功研制出"秘字03号"的技术员严毳回忆往事的方式展开叙述，叙述内容分为三小节：文峰小学一年级甲班慈爱的马玉老师，她耐心地传授孩子们知识，更注重培养他们的品质和精神；三年级的数学老师陈老师，要求他学习上要"知其然，知其所以然"，要细心认真，"在科学的领域里是来不得半点马虎的！要细心，细心，再细心！"初中三年级的体育老师张老师，让他在大太阳下面练习跳高，屡试屡败后，张老师教训他"应该对失败生气！"张老师还谆谆教诲他："你不管献身于哪一项事业，都需要坚韧不拔的毅力。"

这三篇短篇小说是佩甫的初写乍练，有明显的"高大全"行文方式，也有对生活不够深入、以主题为主的概念化图解倾向。这是那个时期刚刚拿起笔的年轻人的"通病"，他们在那样的时代氛围和文学教养中长大，写作时身边是兴奋狂热的百姓情绪，心里是自己那燃烧到沸点的青春激情，这样热情高涨地写也属自然，写得真诚空洞也是自然。写作过程就像蛇蜕，须经一层层岁月沉思中的经验清理与调整，才能寻找到生命内核中的那个"自己"。与其他作家初写一样，佩甫从身边人、事写起，所表达的却不是自己。他还没发现掩藏在文字间那个自己的真正灵魂。写作和人生一样，好似在云雾中穿行，一步步地且行且现，走着走着就明朗起来，明朗后那优点和局限就暴露出来，优势有"舍我其谁"不可替代的气势，而局限也有不可企及难以改变的固硬。于是，也就明白了自己的边界，也就顺命地俯下身来精种自己的"一亩三分地"了。

细细想来，这三个短篇有几点值得一说的地方。其一是几个男主角都是专一执着的技术工程奉献者，基本与佩甫的精神性格相一致；其二是叙述基调因情绪而动，不予以抑制，易随之激动；其三是在《谢谢老师们》中，他不经意间使用了后来创作常用的片段拼贴（或曰组接）法，将对三位老师的回忆分节写出，共同突出"那些培过土、剪过枝的人是不应该被忘记的"这一主题。这方法被用到《红蚂蚱　绿蚂蚱》《村魂》《画匠王》等小说中，甚至稍加变形地作为基本结构用在长篇小说中，成为他"双线并进式"结构的重要部分。更重要的是，这三篇小说主题走向单调一致，就是为祖国事业的"献身"精神，这符合主流意识形态的正大要求，也是他早期文字气血的形成之源，是他终生写作的根本动因。佩甫小说的思想意义，是与正面的社会价值实现绑定在一起的，从《青年建设者》到《生命册》，他一直秉行着文学要"为国而作"、个体生命要"献给祖国"的社会性意义追求，这是他用"小说"来实现的"大说"，他说整个社会的时代变迁和道德沉沦，他说中原大地上人们的生存状态和历史文化底因，他说自己的焦虑和渴望，都是在"为国而作"，是跟最初写作的精神倾向一致的。

1977年，刚刚经历过"文革"的河南省文联，那些回到郑州还没好好缓缓神的"右派分子"刚刚到岗，就跟"青年建设者"佩甫们一样，迫不及待地想要全身心投入创作中，争分夺秒地来一番改天换地的"大干年月"，为社会主义被耽误的文化建设事业做出贡献。于是，这年底，河南文联就举办了全省的短篇小说座谈会，广邀作者参加。那时佩甫的处女作定好发表了，可是还没发出来，就被邀请来参加了。那批老前辈对文学复苏的急切渴望有多强烈啊！这次座谈会上，佩甫是最年轻的一位，文学的大门就这样向他敞开了,他进去了,心无旁骛地走了一生。他的命运因志趣和所长的导引,自然地归于正途,实在是幸福的事情。日后意识到这点的佩甫常庆幸感恩:"1974年到1980年左右,我先上技校,而后在工厂当工人,开过各种各样的车床。1978年,我在省级刊物上发表了三个短篇小说,到了文化局,成了专业的创作人员。每个人都会有他最适合干也能够干的事情。有的人一生都未必找得到,我很幸运,很早就找到了愿意做的事情。"他懂得珍惜,几十年来,他认真而本分地为写作留存最大配额的时间、精力,他说:"一个人做好一件事就不容易……就把这支破笔好好握住吧。"

"过程是不可超越的"

2015年8月16日,第九届茅盾文学奖的评选工作结束,中国作协评选办公室当天公布了这届的获奖作品:格非的《江南三部曲》、王蒙的《这边风景》、李佩甫的《生命册》、金宇澄的《繁花》、苏童的《黄雀记》。勤恳笔耕了38年的河南省作协主席李佩甫成为河南本土作家获得茅盾文学奖的第一人。"过程是不可超越的",这是佩甫常挂在嘴边的话。回望佩甫62年的人生经历和38年的创作过程,似乎都准确而形象地印证着这句被他抽象出来的认识。

"饥饿小儿"的成长

1953年11月25日,在许昌市一个贫民聚居的大杂院,李佩甫出生了。这个世界托起他生命的是一堆草木灰——灰白色的余烬残留着些许燃烧后的微热,泛着一股轻轻淡淡的焦煳味。同许多穷人家的孩子一样,佩甫生在草木灰上。他是工人李留春、杨琴香两口儿不是长子的长子。在佩甫之前,母亲生了两个男孩,都不幸夭折了。这该是一个怎样命运的孩子啊!李留春和杨琴香悲喜交加地望着这个闭着眼睛啼哭的婴儿,暗自揣想。他们欣喜之余又如惊弓之鸟般怀着深深的惧忧,只能反复祈祷。但几天后,佩甫也感染了惊厥,奄奄一息。闻讯而来的拾粪老头儿默默地将篮子放在了他家门口,等着孩子断气后,就带到城外的乱坟岗埋掉。时间是残酷的。在一分一秒无力于命运的煎熬中,沉抑的父亲突然起身,他不愿也不能再听凭下去,果断地向邻居们借了30元钱,一路小跑到医院,给他打了一针青霉素(当时青霉素都是进口的,所以很贵)。于是,保住了他的性命。就这样,这个世界便与他产生了关联。这堆草木灰,那支青霉素针,这个家庭,这个大杂院,亲戚们、邻居们等都来到了他的生命中。后来,这个城市的街道、学校、人群,以及乡下的田野、村民,也逐渐融入了他的生命。命运就是这样,从出生那刻起,不知道人生路途上会有哪些遭逢,但不断的遭逢像股股细流在草丛下不起眼地暗淌,终会在某个时刻汇流成有明确方向的河道,发出阵阵清晰的回响。

他成了家里的"娇宝蛋"。父母给了他叠加的宠爱,他好像注定就有了叠加的负荷。父母专门请了一个先生给他起名字,这先生给起的是"李佩甫"。这是不是一种注定的精神暗合?杜甫,这个出生于河南巩义的唐代"诗圣",其诗魂早就成为沉淀在这片中原大地上的精神元素,时不时被后世来者感知和回应。李佩甫,这个名字像是上天的启示,注定了他命运的流向所在,也暗合了他精神气质的某些特征。

佩甫对生活的体验,是从大杂院开始的。那时候,大杂院的人们整天忙忙碌碌,有拉煤卖炭的,有挑担剃头的,也有像佩甫父亲那样,在工厂上班的。父亲工资低,不够维持家用,母亲就在街道上干活挣钱,贴补家用。母亲很能干,她有时像男人一样在街道上粉墙、刷标语,有时用草织铺床用的箔,她还做过修锁配钥匙的生计。在父母忙碌挣钱的时候,大杂院的孩子们也充分发挥他们的机灵与勤劳,极早锻炼出生存的能力与智慧。有时候,孩子们收集散瓜子,盐腌后晾干、翻炒,拿到街上卖;有时候,他们会乘人不备偷些煤核卖煤核;有时候,他们在家里烧热水,然后抬到火车站的广场上去卖。所以,佩甫这个工人家庭出身的孩子,对穷人的体恤和认识就成了他生命的"底色",他作品的"底色"。

佩甫从小就沉默寡言、内向谨慎,自我约束能力极强。他家距离剧院很近,戏票很贵,要五毛钱一张,佩甫买不起。可他非常渴望看戏,就久久地站在剧场门口的路灯下,等待着中途离场的人经过身边的时候,会给他张检过的门票。眼见那些人匆匆而过,佩甫却张不开嘴问别人要。心里早有无数双小手在张牙舞爪,嘴就是紧紧闭着,不主动请求。这就是他的性格,也是他强大的自尊和脸面意识。那时候,佩甫看过许多半场戏,戏剧最早影响着他的精神世界。

1960年,佩甫入读古槐街小学。三年级的时候,佩甫班有个男生的父亲是清华大学毕业的高才生,"理所当然"地被打成了"右派",常常在一群街道老太太的监督训斥下接受劳动改造。他家柜子里锁着许多书。调皮的孩子将那些书偷出来,交换其他孩子的"螺丝糖"、"蝈蝈笼"、橡皮等。就这样,佩甫读了许多书,有苏联的作品,有"三红一创"和鲁迅的作品,还有《三侠五义》等。读书的日子,佩甫感到充实而愉快,他常常读到深更半夜,这习惯保持终生。从此,他进入了丰富的文字世界,那世界与现实生活不一样,吸引并征服了他的心。这是文学对他"最初的浸润",也是冥冥中命运悄然开启的一扇门。

佩甫生于城市,但大部分的笔墨却倾注到了乡村,这个缘由就要追溯到他童年时期的另一部分重要经历了。"小时候,我是一个'饥饿的小儿',六七岁的时候,刚上小学一二年级,几乎每个星期六的下午,我都会背上小书包,到乡下我姥姥家去,为的是能吃上四顿饱饭。去姥姥家要走三十里路。我一个小儿,总是很恐惧、很孤独地走在乡村的土路上。"佩甫的姥姥家在许昌市东北方向的蒋马村,有20多里路。在蒋马的生活,让佩甫感到新奇、自由、温暖。有时候,他跟小伙伴一起在田野里割草,那无边无际、深深浅浅的绿让他心旷神怡;有时候,他在黑乎乎的夜里听姥姥讲一段段扣人心弦的"瞎话儿",在想象中遥望那些神鬼传说和仁人志士、祖宗先辈们的形象;有时候,他跟着耳聋的表姐到一个个舅舅家玩耍,吃人家的蒸红薯,听人家聚一起天上地下、家长里短地"喷空"……不知不觉间,他将蒋马深深刻进了记忆中。成为作家后,他常说是这段经历恩养了他的写作。他心存感激,以文字来回报和反哺,写作中时常带着一个受恩者的关怀和亏欠心理。

1971年,轰轰烈烈的"上山下乡"运动早已开始,3月4号那天,佩甫也怀揣壮志下到许昌苏桥镇侯王村当知青。在侯王的时候,他亲身经历了农民所有的劳动,真实体验了农民生计的各种苦累。当时,他们和农民一样劳动,一样记工分,六七十个知青,只有三四个常常是"十分",佩甫是其中之一。他踏实肯干,威信高,知道照顾人,半年后就当上了知青队的队长。当队长的时候,他带领大家收种庄稼、挖沟、拉煤,什么劳累的活都干,但他仍坚持晚上读书到十二点,他坚定地"时刻准备着",但"不知为什么"。这段日子里,佩甫与村人们打交道,从实际生活的各个方面更真切地感知并理解着村庄。他开始对农村生活和农村人心生疑惑,这是简单温暖的蒋马体验的反面感受,是趋于具体、复杂认识的开始。后来,在不断的前行和了解中,蒋马、侯王就成了佩甫文字中的大李庄、画匠王、扁担杨……这些不同名字的村庄,散落在中原各地,却几乎毫无两样。过去是,现在是,未来——是还是不是呢?

终于,发现了土地

1974年,佩甫被公社推荐到许昌市技工学校(当时叫河南省第八技校)学习。上了技校的佩甫积极追求上进,当上了学校的团支书。同时,他更热爱读书了,还在办板报的实际中"水到渠成"地开始尝试写作。1975年夏天,河南发生了一件震惊中外的大事件:驻马店发大水。发水后的难民流离失所,到处流浪,许昌到处设立有灾民安置点,市民们纷纷帮助他们,有的帮他们烙馍做饭,有的给他们送衣送被,场面很感人。佩甫心里很激动,就写了一首长诗《战洪图》,后来登在了学校的墙报上,老师看后觉得不错,鼓励他投给刊物。佩甫就撑着胆子寄了出去。焦急地等了两三个月,杳无音讯,他沮丧地去问老师,老师说:"不退稿就有希望。"这句话重新点燃了佩甫的写作热情,他开始不断尝试着写东西。1976年夏天,技校毕业的佩甫被分配到许昌市第二机床厂,轰隆隆的机器声、三班倒的轮流制,丝毫不影响佩甫读书、写文章的劲头。1976年底,他接到了《河南文艺》的改稿通知后,兴奋地来到郑州,住在河南日报社招待所,根据编辑的意见,八天改了八遍稿,最后是面目全非,他仓皇地逃一般回去了。(后来,一位资深编辑对他说:"据我多年的经验,编辑咋说你咋改,改不好。"佩甫终生记住了这句话。)沮丧的佩甫坐在火车上,心里愤愤地恨着,他从车窗里狠狠地"刻"了郑州一眼!他觉得"脸"丢在这里了,他发誓终有一天要光荣地"拾"回来!回去后,他更攒劲地写,不久,又寄了一篇给《河南文艺》,编辑来信说写得不错,稍作修改后,这篇小说发表了。这就是佩甫的处女作《青年建设者》,发表在1978年第一期的《河南文艺》上。这一年,佩甫一鼓作气,又连续发了两篇小说:《在大干的年月里》《谢谢老师们》。

从1978年到1985年是佩甫创作的起始阶段,他左冲右突、苦苦寻找着属于自己的写作领地。这段时期,佩甫的个人生活也发生了很大变化,这些变化让我们不得不感叹:"50后"这代作家生逢其时。他们与新中国的发展同步,他们的生活清晰倒映着社会阶段的变动,他们的思想变化应和着民族精神文化思潮的变化、清洗与反思。那时,他们在文学发展最好的时期成长壮大,一篇文章就踏进了文坛,一篇小说就改变了命运。佩甫也因为1978年的三篇小说,进入了河南文学的中心。1978年底,佩甫被借调到《奔流》当编辑,1980年,南丁上任,时任河南省作协副主席,负责筹办《莽原》,佩甫就和杨东明等几人参与进来。后来,南丁办起了河南省文联第一期文学讲习班,这个班就被尊称为"黄埔一期",这班学员后来成为河南文坛的中流砥柱,有张一弓、李佩甫、孙方友、刘思谦、张斌、赵富海、南豫见等人。在同学的印象中,佩甫"除听课外",好像"永远伏在桌子上写东西"。1983年,佩甫正式调到郑州;1984年,河南省文联在禹州为他开了平生第一场研讨会。

这四年是佩甫的习作期。他陆续发表了《憨哥儿》《二怪的画》《多犁了一沟儿田》《我们锻工班》《十辈陈铁事》《青春的螺旋桨》《小城书束》《蛐蛐》《森林》《小小吉兆村》。他最初写的是工人,按说挺接近自己的真实生活,但写得拘谨、生硬,反而憨哥儿、二怪、黑子、德贵、队长、秋嫂、赖货家女人、坷垃奶奶、桂桂等这些乡村人物,一个个鲜活生动。习作中的佩甫刻苦努力,也压抑痛苦,阅读过大量西方现代派小说的佩甫，尽力让自己在叙述内容和形式上有所突破。他积极变化叙述方式，《青春的螺旋线》是日记体；《小城书柬》是书信体；《蛐蛐》是贴初期改革开放的农村年轻人来写，借杏的成熟隐喻了男女爱情的成熟；《森林》是零碎化了故事情节，着意突出三个要改变命运的农村青年的内在情绪。

习作的摸索期迷茫、痛苦、压抑，他们这拨"50后"作家，在马尔克斯和福克纳的影响下，已经开始了以地理上的家乡位置为中心的火热的"圈地运动"，莫言找到了"高密东北乡"，贾平凹划定了"商州"，内秀而要强的佩甫压力很大，每晚像狼一样满大街乱走，他不断变化着苦苦寻找，终于，"功夫不负有心人"，他寻到并推开了自己领地的大门。

1986年，佩甫在《莽原》上发表了《红蚂蚱 绿蚂蚱》，这是他创作过程中的重要界碑，他沉睡的乡村记忆和乡村情感被清晰唤醒，在文字间氤氲出动人的诗意。并且，从那时起，他的文学命运进入一个新格局，变投稿为约稿，走进了全国期刊的视野。《红蚂蚱 绿蚂蚱》的意义不容小觑，那个端着小木碗在舅舅家混吃的小脏孩一出场，佩甫的文运就一发不可收，不仅很快写出了至今让人怀念的许多经典作品，比如《黑蜻蜓》《红蚂蚱 绿蚂蚱》《金屋》《无边无际的早晨》《画匠王》等，还基本形成了自己的写作风格和思想认识，而之后的写作，就是这一风格的延续和认识的再深化。有时候，他以人物或场景的拼贴组合描写一个村庄的风情；有时候，他以"花开两朵，各表一枝"的双线交替将小说直接扯入阔大的几十年的时空构架中追昔比今；有时候，他以不可抑制的强烈情绪用第一人称的"我"和第二人称的"你"来倾诉解不开的困惑和挣不脱的自缚。无论何种具体文本外相，其创作者的"黄土小儿"的基点却就此奠定，保持终生。从此，佩甫的创作就定下了方向和范围。他发现了自己心灵世界端坐着的那个"黄土小儿"，这个"黄土小儿"的引领让佩甫找到了自己命里的那块"自留地"，不再焦躁，精耕细作起来。他惊喜庆幸："我是有土地的！"从此写作信心和热情充分鼓荡起来了。从此，他将心神和努力就交付给了对土地的参悟和表达。而作为城市孩子的佩甫来讲,有幸发现有一片属于自己且只属于自己的土地,是一件多么重大的事!

在平原,老黄牛般的耕耘

1987年,正在《莽原》做编辑的佩甫干得出色,已经升为二室主任,南丁想让他做编辑部副主任。但有一天晚上,佩甫来到南丁家,坐下后低头抽烟,很久后憋出了一句话:"我想有个大块时间。"懂创作、懂佩甫的南丁立即明白了他的意思,他想集中精力写作,想当专业作家。不久,还是一个晚上,佩甫又来到南丁家,低头吸烟,几乎无话。但离开的时候,他说:"思想不能掉下来,生活不能浮上来。"南丁肃然了,佩甫决心已定,他只要写作,什么都不想干,主任也不在挂念范围内。很快,他成全了佩甫。第二天,佩甫就急不可待地下乡到处行走,积累写作素材去了。这时候,佩甫的第一部长篇小说《李氏家族》已经发表,这是当代文学第一部书写家族史的文本,也是佩甫被点燃后才思迅速喷涌的佳作,是佩甫创作所抵达的第一个高峰。

佩甫继续行走、观想默识,他敏感地从所接触的材料中发现了时代变化的风向与讯息。1988年,他参加了一个采风团,到豫北一个富裕的回民村参观,村街上空是腥膻的牛皮羊皮味,家家户户高楼大院,富得屋里床上垛满了花花绿绿的被子。佩甫感到了金钱的逼压和败坏,感到了一种不同的大地命运即将来临。于是,1989年,他写出了《金屋》。这是则关于乡村命运的"寓言",也是个指向未来图景的预言。"金屋"突然金碧辉煌地耸立在沉默的大地上,它以无法抗衡的诱惑与力量摄去了村庄的魂魄,给村庄带来了前所未有的"变乱和灾难"。《金屋》写得劲儿大气儿足,显示出了他提炼社会现象、归纳典型人物和典型情节的能力,在这个长篇里,佩甫开始重点思考"人场"关系学和"村场"成长课,这是以后他"人与土地"关系学这一思考核心的组成部分。

1992年,佩甫与导演都晓合作,开始创作剧本。这就是1993年播出后被广为喜欢、至今让人记忆深刻的14集电视连续剧《颍河故事》。这部电视剧将佩甫多个小说中的人物、情节糅合在了一起,叙述了画匠王村人在改革开放时期的生活,主调是鼓励改革开放、创业致富。这个剧本的创作并不顺利,写至中途,佩甫出了车祸。眼睛受伤的佩甫被长久地蒙在黑暗中,他暗自紧张,担心自己万一看不见,一家老小可怎么办?佩甫每天躺在病床上,一声不吭。都晓很着急,几乎每天都跑去医院。那时,电视剧已经开拍,这剧本续不上可怎么办?佩甫对他说:"你别催我,你放心,我绝对要对得起你。"那是佩甫人生最艰难的一段时期。天热的时候,他常反复默念"心静自然凉"强迫自己安静,以免着急上火加上天热导致伤口发炎,那样,眼睛可真不保了!眼睛好后,佩甫续写完剧本。1997年,佩甫再次跟都晓合作,写了电视剧剧本《红旗渠的故事》;2003年,又写了《红旗渠的儿女们》。

　　但是,这部电视剧剧本创作几乎消耗了佩甫所有的经验积累,1993年就成了佩甫着力寻找突破的调整期。佩甫的方式是读书加反刍,在书籍的营养启思中,他将过去记忆细细反刍,寻求认识上的创新。他"面壁"良久,决定集中笔力写写城市,他写了《满城荷花》,写了《城市白皮书》。这就是佩甫,他外表温和,内心顽强固执,有股不撞南墙不回头、不信猫不吃生姜的倔劲。他不惧困境,勇敢面对,渴望并实践着,以期在语言思维、叙述视角等方面有突破。《城市白皮书》借一个有特殊功能的小女孩的"眼睛",呈现一系列的关于城市人灵魂沉沦的"意象"。他有意让种种病象成为长篇小说的主体内容。通过非现实的"通灵"叙述进入时代生活的本质深层——繁华表象下危机潜动的时代精神深层。伴着无法缓释的失望和忧伤,佩甫将人放在"过程"中,将"罪"置于"环境"中,明确表露了他不甘而焦灼的拯救渴望。而"拯救",将成为他直到现在的精神聚焦点,也是他作品的精神底床与亮光。

　　1999年,李佩甫的代表作《羊的门》由华夏出版社出版,在当时引起了轰动。大象有形,佩甫写出了中原大地千百年中所形成的"意形",是关于中国人社会生存真相的村庄寓言。呼天成让佩甫意识到:这个民族在民主、文明征途上的自败。很可惜,这部作品却命运多舛。这部作品被人对号入座、上告,压力很大的出版社再不出版此书,直到2013年。在这期间,数以万计的盗版书在各种书摊上持续火爆。2000年,第五届茅盾文学奖的评审中,《羊的门》在初评中排名第一,但也因此而被迫中断参评,佩甫与"茅奖"擦肩而过。《羊的门》的结尾是一村狗叫,这是佩甫的感慨:精神贫穷比物质贫穷更可怕!在现代性的民族事业中,精神的独立自主才是主要的刚性需求!于是,他决定以文字继续思考并探索摆脱精神贫穷的问题。

2003年,佩甫写了《城的灯》,表达出急切而明确的精神拯救的意图。刘汉香是民间传统道德所升华出的当代圣女,她宽厚善良,将度众生沉沦之心放在弱肩,但不堪重负,最终丧生在风气浸染的年轻人的"恶"手下。刘汉香是佩甫的精神理想化身,尽管其构成要素带着源于民间、源于过往的陈旧,但他在后面文字中还是像在写一首悲壮的诗歌,关于昂扬与挺拔、纯粹与执着。佩甫想往更虚上写,想从这片土地上升华出一片神性之光,但这片土地的现实气太重了,他最后还是"玉碎"在现实的泥沼。

这一年,佩甫被任命为河南省文学院院长,很快,2004年,他又担任河南省文联副主席,党组成员。出任职务的佩甫感到写作时间和精力受到了一些影响,他提出不坐班的要求,尊重创作的领导答应了。而此刻,他早就以文学为生命第一要义了。他感到自己平生碰上了喜欢干又能干好的事,实在是人生大幸。所以他倍感珍惜,没任何其他爱好来分心,他像头老黄牛,一心一意、踏踏实实继续耕种。

2008年,佩甫写了《等等灵魂》,他表达了"别走太快,等等灵魂"的呼喊。

2012年,佩甫经过八年时间的准备和调整,写出了《生命册》。这是他付出心力最多的一部作品,也最终给他带来写作一生的盛誉和报偿。写作之前,他频繁地下农村,了解新变化,沉淀新感受,着意弥补自己新农村生活经验的匮乏和认识不够。他还拿出一部分钱去炒股,为了了解其中常识、体会书中人物可能有的心态起伏。佩甫这部作品的立足点是未来中国,他试图在困厄中为未来寻找"让筷子里立起来"的方法。这宏远的历史眼界和理性的认知态度,让佩甫面对社会世相趋于宽和,于是,那常常敛不住的惶急之气几乎不见,叙述从容舒缓,避免了《羊的门》《城的灯》的"半部现象",以长至五年的时间硬是将三十多万字的写作情绪和思索一撑到底。

书和人一样,有各自不同的命运。《生命册》命好,一发表出来就好运连连,不断斩获各种奖项:2012年获得人民文学奖(长篇小说奖)、白银图书奖;2013年获得《人民文学》长篇小说双年奖、第二届施耐庵文学奖;2014年获得第三届中国出版政府奖;2015年获得茅盾文学奖——中国文学的最高奖项之一,奖金50万。将《生命册》放在佩甫的创作过程中,翻看佩甫的每一步作品,就好像铺展开一幅动态的图谱,会发现过程就是这样不可超越,每一次努力都是一层台阶的递进,佩甫一步步、踏踏实实地走了过来,走到了今天。

2013年底,60岁的佩甫退休了,他立即上交了所有办公室钥匙,在书房开始了新长篇的缓慢写作。每天上午,他关机写作1000多字,下午接待访客或看书散步,晚上看书、思考,在单调重复的日子中,佩甫却感到丰富愉快。心中有对文学和土地的神圣挚爱,他知足,甘心摒弃一切享乐与闲暇,力驱会干扰写作的一切烦恼与琐务。他喜欢一个人孤独地沉溺其中,因为他早已享受到了其中的大乐。

第二辑

面对南极检讨

张宇是一个很好玩儿的人。

这个"好"可以读成第三声，指他的性格。他能把自己当别人来嬉笑嘲骂，比如他常在饭桌上宣称自己是三老——"老不正经、老不要脸、老不死"，自己说自己这么狠，别人还能有话语表达空间吗？比如他说自己去体检，医生发现他左脑与右脑的血管是不通的！医生吃惊不已，说还没发现过如此奇特的病例！他讲自己这事儿时俨然像讲别人的演义，眉飞色舞、滔滔不绝，时而高声疑问设悬念，时而有力惊叹揭实底。我与大家一起欢声笑语，心里却不由生出佩服：老张活得洒，能洒得开，就在于他能做自己的旁观者，有时距离还挺远，远得足以放自己一马两马。

这个"好"还可以读成四声，这时指的就是他的爱好了。张宇爱好广泛，好奇心足，什么都不拒绝，什么都愿尝试，有时领域跨界很大，他也能很快入进去，并找到门道发现乐子。大多时候，他像是属猴的，浅试则止，试过知道就好了，并不保持关注与深入。可有一个爱好却被他保持了几十年——种盆景，他会起早贪黑去等一个好树根，会持之以恒天天浇水剪裁，会比看美女还温柔地抚摸式盯看，每当夕阳西下，黄色的余光或红色的残霞照到他家阳台的时候，他沉浸的样子让人怀疑——简直是痴情，不对，就是痴情了。

这些年，张宇写得不多。可是说实话，我还会时不时怀念张宇曾经的文字。或者确切说，我很怀念张宇曾经的文字精神：就一个不服！就是敢想敢写，敢藏着刺头写，还能艺术地裹挟进去！我怀念张宇以饱满的叛逆情绪、揶揄精神进入的逆行写作，那时候，他以气行文，情绪激昂，使得作品张力大、思辨性强，他以强大的自信精心设置小说的"壳"，以胜者或必胜的心态写作。在《活鬼》《没有孤独》《自杀叙述》《乡村情感》《疼痛与抚摸》等小说中,一方面,他张扬了被社会政治力量、群体力量抛到败处的小人物身上扬眉拗头的坚决不屈,可另一方面,又以最终的事实显出小人物的悲怜,那悬殊的力量好比孙悟空难逃如来佛的手掌心,只剩下蹦跶的悲壮命运。

侯七生就不周正,以活命为大,于是,他主动把人样活成鬼样,发动机灵的脑细胞,使出以自贱为主的表演手段,堂而皇之地获取了物质上的真胜利。但他真就胜了吗?他可能胜吗?鲁杰是个闭着眼睛活精神的知识分子,他在漫长"文革"的折磨中,以出离现实的玄思这一"特别工作状态"作为他自守并对抗苦难时光的盾牌,结果,坐牢、批斗没能战胜他,可他凭超乎寻常的意念所持守的,反过来也没能战胜那个笼罩头顶的时代。与那个时代嵌进历史一样,鲁杰的生命,连同附着其天才般的科学能力和纯粹的科学精神,随岁月一起衰去,逢春暖花开也再不能抽枝发芽。还有张树生、张老大、水月……

个体力量就这样在力求超越中不断消耗着沦陷,张宇很明白。于是,他强调生命态度的意义,生命意志的意义,但几乎同步地,他开始了意义消解。不是吗?就在你还处于没绕出来的体验状态中时,他已经抽身而出,甚至扬长而去,在另一套笔墨中眯着双眼撇着坏笑,轻轻松松地去炫世故、耍幽默、装洒脱去了。那些基本写于相同时段的《国公墓》《晒太阳》《阑尾》《城市逍遥》等,就是如此。他不想在精神层面上苦苦追索,他不想劳心费力地保持紧张状态,耽误多少人间美事!干吗呢?有必要吗?于是,在生活因缘流转的助力下,张宇的叙述激情减退了,他开始随顺,即便是在《城市垃圾》中,他以农村人的自尊对峙并嘲讽着城市,但语调已是世相看透后的疲惫与接受。

他在与外在和内在的对峙关系中觉出乏味,心里的劲儿就暗中泄了些去,他想,还是"与自己和平共处"舒服些。要不就掉转人生的方向盘,在文学的道上另择他路,换种活法,在市场大潮中翩然"表演",旁若无人。

心态一旦松弛下来,再绷紧就不容易了。在相对松弛犹如写着玩儿的心态下,他写了《软弱》《表演爱情》等。

盯着作品中人物仔细看,挺有趣,盯着人物的母体——作家看,更是有趣。人哪,有时候自己是自己的成全,悠然坐享着上天赐予的才华和福分;有时候自己就是自己的局限,艰苦挣扎在上天赐予时给的另一面。

如今,张宇已经年过六十了,经历了很多事,思考了很多事。于是,他的写作有意识地"返青",《对不起,南极》就是如此。文本中,他慢下来陷入静思,在静思中以平静的语调进行着难以平静的反思与检讨。先检讨自己,这一生,都干了什么?再检讨我们的国民生活,真真琐碎繁杂,铁杵也把你磨成针!咱这棵石榴树上结了很多半熟的樱桃货,咋回事?风不调雨不顺吗?哦,还是根部土壤有问题!根部土壤有什么问题呢?说不清,不能说,那就且看沿途人家树上的果子吧,两相比较着好好看看吧!最后检讨人类行为,在极地才更清醒地认识到:身陷绝境了!人这物种嘴太大,四方吃空了!上吃天上的,下吃地里的,左吃走兽,右吃水游,最后挺个庞大的肚子,因消化不良而要忍饥挨饿,好似到了濒死边缘。

读着张宇的《对不起,南极》,我感受到了这个嘴巴很硬的人的那点心里软、肠内热。整个作品,开头就点出要去南极,一路絮絮叨叨,行文过半了还没见个南极的影子,为什么呢?是在虚晃,还是在注水?仔细想想,都不是,在若有所思中,我感觉这部作品其实写得很纯粹,一气贯通,一路检讨,从未游移。他的写作重点原来不是与南极直接面对面地聚焦,而是将南极作为从始至终的参悟背景,或者说一直在拿那一片冰天雪地作镜子呢,在扒开来照呢,照照自己的德行,照照我们中国人的生活,照照人类发展的"肿瘤"。于是,就在絮叨中开剖起自己,开剖起我们的生活,开剖起工业革命后的恶性"进化"。谁能经得起长久自照呢?照着照着,张宇照见了自己的真容,这么多年还真攒下不少污垢,身上皮肤惨白,这脸生生被自己不爱惜不保护,弄黑了!那就搓灰吧,一绺一绺地往下搓,搓到最后也许就干净了,也许,干净几天又脏了。

《对不起,南极》让我隐约觉得那个我怀念的早期张宇的魂,丝丝缕缕又有聚气之嫌疑了。尽管他自嘲已经是一位"退出江湖的过气作家",但我理解那语气所指的含义是相反的,还是个不服,潜台词是"哼哼,看吧,老张 20 年后还能成个英雄好汉!"我知道,张宇对文学"贼心"不死,壮志犹在;我也知道,变化中的张宇,对文学的真和爱却没变过。他的聪慧让他对自己的问题比谁都清楚,对如何解决自己的问题也很清楚。

我揣测,他肯定正攒着劲儿写下一部作品呢。也许,悄悄地,他已经在进行中了。

我们的道路究竟有多长

——论汪淏随笔《一个人的道路》

汪淏是成名很早的作家了,他22岁就在商丘肉联厂写出了专业性很强的学术著作《王蒙小说语言论》。他写小说的时候,跟李洱一起,被认为是河南后起之秀中的翘楚。那时,汪淏已经显示出他在文学方面过人的深情和才华。后来,他显示更多的,是他过人的性格。许多年来,汪淏放任自己的性子,长久地生活在自己的性情和志趣中,于是,他也就长久地生活在了自己的世界里。

他的世界没有纷至沓来的杂事来缠绊,没有琐碎嘈杂的家务来扰烦,没有人情世故的得失来磨乱,他有大把大把寂静的时间可以读读书、听听音乐,或者就眯着眼睛让想象随意纷飞,让情绪自由起伏,让记忆点点滴滴坠落眼前。是不是挺让人羡慕?尤其是被日常事务搞得疲惫、厌倦的读书人,在夜晚沉静下来聆听自己灵魂残喘的时候。真的是羡慕这样简单的一个人的蛰居,让自我在阔大的清净中漫涌起某种无边无际的情绪,任灵魂的烟雨丝丝缕缕地缭绕心空。就这样耽溺在一个人的世界里,耽溺在那种连空气颗粒撞击的声音都响在耳畔的寂寞里。也真的是羡慕汪淏不管不顾的率性和自我,冲动得像浓烈的没有加封的酒,喜怒丝毫不掩,爱憎果敢分明,这种快意不是任谁都敢于泼洒和交付的。

就这样任由自己的性情活着,数十年如一日地活在自己的世界里,会怎样呢?不管许多人盘算的,不顾许多人挂念的,就拥有了意愿里的自由和纯粹吧?或许是。但那云卷云舒的自在背面,会不会细细辨认出另一种同样不堪承受的沉重和像栅栏一样的困处?汪淏选择了自己的生活方式,他让自己以最接近艺术家的姿态追求着艺术,也许是适合他的主动选择,也或许是错失了拐点后的就此延续。

这便是他的道路了。世上哪里有相同的道路呢？有的只是踏上同一道路的千千万万个人群，或者是独行在寂寥小径上的清影。汪渌独行在自己的道路上，没有鲜花和喧闹，文学是汪渌对这个世界的唯一所求、唯一所恋了。曾经，文学是他的理想，他为之倾付激情，现在，文学是他不离不弃的寄托和伴侣，是他守着的隔离了世界、靠着打盹晒太阳的墙壁。

这条汪渌选择的道路，他一个人走着的道路，究竟能有多长的呢？

汪渌的这部随笔写于好几年前了。细细读起来，觉得再早几年或者晚几年都是一样，他都会这样写。

在这部随笔里，他写了这样一段经历：作家马牧居住在伏羲山写一篇长篇时生了一个简单的念头——徒步走回商城。于是，他就"雄赳赳气昂昂"地一路走了回去。这样概括其实一点意思都没有，这个随笔的内容和意义只能在阅读中心领神会，任何提炼出的主题说明都与它无关。它是一个人在大自然中享受的每一个有意义的瞬间，它是一个人在旅途中的每一个有趣细节。他与花花草草亲近遭逢，因长久凝视而融会了它们的生动气息；他与亲人般的山民朝夕相处，清晰地体会到了被关怀的朴素情感；他在不断回想起的故人往事沉陷，在被淹没而忘乎所以的刹那得到温暖与欣慰。后来，他主意已定，固执地在一个雨天出发，一路上，心里鼓荡着英雄般豪气，却也撒着很好笑的孩子气。他看见一群孩子赤嘟嘟地在河里洗澡，遇上黑脸三轮车夫揽活、放羊老汉搭讪、女人诱惑等，都想"很壮实地戗老家伙一下"。那个从虞城出来的男孩子，原来一直是他不变的内核。那时他自尊自傲，要在小伙伴中非同寻常；那时他鲁莽逞强，从桥上一头跃入水中，不料却吃了个狗啃泥；那时他跟着叔叔们在城里熬了一夜排队卖萝卜，发誓要拥有一个城市的房间……

自顾自的时候多于顾他，坚持自我而不换位理解，在日常人事的行走中保持战士的状态，生生将自己逼至边缘处的小结构中。

汪淏那么自顾自地生活,自顾自地思考。他的思考和言行的出发点是"我"——"我"的感受,"我"的认识。而这部随笔,更是每个文字都是那个"我"的一切。是的,他依然是"我"视角。他是以我视角看他人,看文学,看世界。

这部随笔于我而言,是一种召唤。

它让我想起自己经常产生的一些冲动,它在心头涌起,它被我"不现实"地强行按下,它再没浮上来过了。有一刻,灵魂轻声叹息。它只不过想回归一下自己。于是,也就逐渐习惯了勉强,习惯了索然,习惯了枯燥,习惯了不顾自己的自己。这部随笔让我强烈渴望嗅到山的气息、水的气息、花草的气息,跟自然越亲近的时候,人距离自身越近,近得记忆中的点点滴滴和刹那间消逝的感觉,都生动地恍现眼前。而对于每一个生活在城市的人们来说,这种诱惑是永恒的,因为它是心灵的需要,哪颗心灵不喜欢自由自在、天马行空地漫游呢?山的召唤,就像童年的召唤一样,任谁都抵挡不了。在融入自然中,人能获得多少心旷神怡的精神丰富呢?无法估量。在与自然的隔阂中,人能有多少性灵的荒芜和钝化呢?难以确知。在深夜里坐着,听着马路上大卡车的轰隆声,看着昏黄灯影下清楚的景观,知道黑漆漆的无边无际的夜是遥不可及的梦了,就像遥不可及的童年一样。所以,我羡慕马牧,羡慕那一日日寄身山中的日月,或者确切说,我渴望与羡慕着与一切生命贴近着相守相知的欢欣与满足。

该结尾了吧?这时候我耳边先是飘荡起一首前段时间特别流行的歌来——《时间都去哪儿了》,然后想到了黑塞的一首诗《给少年时代的肖像》,放在此作为结束吧。

自渺渺的既往,我年轻的
肖像把我凝睇,它问:
昔日的焕发荣光,
有几分残辉犹存?

追抚昔日之我

生命之路曾贻我多少痛苦
多少冥冥长夜,多少颠沛流离
我实不敢重履斯途

然而我一怀忠贞把它走过
它的记忆我弥感珍贵
任是挫折连连,失着屡屡
我却从不追悔

像风一样，且追且行
——论黄轶《中国当代小说的生态批评》

怎么形容我印象中的黄轶呢？豪爽？喝起酒来，丝毫不扭捏作态，端起就干。率性？晚饭后散步，光着脚丫子就将自己横陈在小道旁的长椅上，管他来往路人投以什么眼光。勤奋？有时半夜胡聊后，我困了即睡，她还要坚定完成再啃几十页的计划。纯粹？进入写作就较真儿地追究、辨析，拿知识分子的精神和责任当生命里的大事儿。感性？刚听别人说起想为老家孩子办个小图书室的意向，就着急地要立即给人家捐钱捐书。理性？那文字中清锐准确的判断和宏阔细致的析理，分明来自高远视野中的客观认识和深思久虑……

这几年来，黄轶的学术专著一本本地出：2008年3月，她出版了第一本专著《传承与反叛——中国文学现代转型研究》；2008年11月，她出版了第二本专著《现代启蒙语境下的审美开创——苏曼殊文学论》；2013年12月，她出版了第三本著作《风雨饮冰室：新会梁氏家族文化评传》；2014年1月，她出版了第四本专著《中国当代小说的生态批判》。真是像风一样的女子！像风一样自由不羁，没有边界地穿行，眼睛里只有要去的地方，枝枝节节的树叶子、塑料袋、灰尘，都构不成挂碍，被弃在心灵以外的地方。她像风一样快，在短短几年间做出了跨度大、质优量多的研究成果，致使她博士后导师丁帆老师"时常提醒她放慢速度""慢火炖"，"在学术的道路上由踔厉骏发渐趋冲淡从容"。

黄轶的研究内容，从苏曼殊在启蒙语境下的审美开创过渡到以当代小说为考察对象的生态批判研究，尽管所论述的问题并不相同，但其言说主体的研究向度、立意追求却从未改变——追步那一代学者入世弘道的精神、坚忍勇毅的担当,做看向未来的探索和反思。她最初研究苏曼殊,后来研究梁氏家族,起因在于那代知识分子于后来者的吸引和感召,以至于她在写成后仍"总是特别痴念在抗战的隆隆炮火中西南联大、重庆郊外等在后方辗转流离的那些学人们,他们是以怎样的坚韧和激情在维护着读书人的精神境界,表达着知识分子的人间关怀?"在黄轶的认知接受中,他们"应该有百折而不泯的现实参与精神和历史责任感,应该对国家对社会有着相当的文化承担意识"。由此,黄轶在隔着时空的阅读、理解,以及反向自身的洗礼、补充中,不知不觉被那代人的学养、思考、人格、追求浸淫了身心,成了她学者精神中的主要元素。也或许,生于中原长于中原的黄轶,先天气血中就隐有这样的因子,等着这一深入过程的激活、释放。

看这部《中国当代小说的生态批判》,可以见出那积极鲜明的"介入"姿态和主动理性的为社会"事功"之心。这些年来,随着我们具体生活空间中的生态问题越来越突出,关于生态文学的写作者和研究者也越来越多。黄轶也选择了生态批评作为自己的学术转向课题,我想,与凑热闹无关,根本原因在于她意识到:生态研究已经成为关涉国家发展、民族生活、文化建设等的大事情。她有所学必须有所行,她要将过去累积的学养和思考放到当下领域中,主动践行那代学人为她所重的"现实参与精神""历史责任感"和"文化承担意识"。她要"把学问做活"。上世纪末开始的那代学人主动投身的"启蒙"成为她理论研究的骨血,她所做的一系列的研究,目的是在当下世纪之交的历史进程中构建"新启蒙"话语,为未来建设提供可资借鉴的正面话语。在这本书中,黄轶以近些年的当代小说为底本,在全球性发展的视野中,深入生态问题的深层,探究其生成动因,"将生态批判视为这一次世纪转型之交'新启蒙运动'的核心部分之一",并"更加侧重于生态启蒙的未来式意义",常常有独到而深刻的敏思与创见发人深省。她思路清晰,有明确定见,不简单武断地轻易肯定或否定什么,也不让一种兴起的认识或观念轻易取代另一种过时的认识或观念,不轻率做两个端点间的无意义滑动,而是理性辨析、深度剥离出各种观念的当下价值所在和生命力适用性。她阐述了发达国家与发展中国家在生态权利方面的不公正现象,探讨中国可持续发展必须解决的某些"个体因素",她提出建构"弱式人类中心主义"新文化伦理……所有这些观念和那些细致深锐的阐述,都是她希望做出一些有效性思考和建言的努力。在中国必将"现代性"的发展道路上,她要求自己担当起一个知识分子应该的社会、历史、文化方面的职责,起到一介书生应有的作用。尽管这是一个大众文化、商业文化喧嚣的年代,她不管,她只要求自己身体力行去做。

在这本书中,黄轶实现了"专业知识、学理思辨和性情才气的融通"。在那些理论文字中,一个理论研究者的心胸、格局、性情、人格也跃然而出,生动感人。如今,她定居江南三年了,算是适得其所,时不时可以见到她在太湖边种菜采茶的悠闲身影,也时不时能看到她耽留苏州、无锡、扬州等地数日,探访那些文人雅士的生活足迹,追寻他们残留的精神气息。而且,她的随笔文章也越来越多了起来。2014年底,她怀着"朝圣"般心情去李庄,"一路飞机、火车、大巴、出租车跋山涉水",但那营造学社在"远远的田地里",而史语所还在距离李庄"十多里的板栗坳山沟里",她就"借了旅馆老板一辆摩托车,沿着蜿蜒的小路骑行几十分钟"去寻找。真是一个风一样的女人。最近,这个像风一样的女子开始慢了下来,她继续追步,继续前行,在且行、思行并进中,她还会继续坚持她"新启蒙"的文化使命,会继续写出不一样的、有坚硬质地、纯粹光泽的文字。

县城故事：那些"鲇鱼"和他们的"臭水塘"
——评李清源的《红尘扑面》

李清源在《红尘扑面》里有这样一句话："桌面看上去还算干净，一擦一层污腻，再擦还有，一直擦一直有，让人怀疑永远也擦不净。"这可能是他的文字致力于做的事情——"擦"，不断地擦那"好像永远也擦不净"的、一层层"污腻"着我们生活的桌面。

这次，他擦的是故乡县城——颍川的生活桌面，他让一个正当年的文电局副局长郑鸣，手拿一块叫作陈倩的抹布来擦。当陈倩这块抹布带着感情与希望的血肉在一次次摩擦中，深感痛苦与失望的时候，这个县城、更多的县城、更大的生存场的现实纹理就暴露在眼前，刺疼了视神经，让人犯呕、压抑。

"某211大学古籍修复专业硕士研究生"陈倩，因父母身体不好，想在县城找个工作安定下来。因母亲的心脏手术，她认识了主刀医生戴胜，戴胜是县"人民医院最年轻的科主任，还是全县十大杰出青年之一，县政协新科常委"，有过许多女人，他看上了陈倩，就想方设法地帮忙，先是借助朋友资源巧设"妙香居杯对联大赛"为她解决了拖欠的医药费，后又希望再利用这资源将她留在县城。可是，"人算不如天算"，他和郑鸣这两个县城看似有为、前途大好的得志青年，在文管所招聘文物保护专业编内人员这件理所当然的事情上，竟然爱莫能助，眼睁睁看着这岗位被非专业的更强关系户占据。那红头文件和政府官网上公开的招聘条件竟然是："招聘对象仅仅是国家承认的大专及以上，且仅限于汉语言文学专业，最荒唐的是居然要求必须颍川县户籍、女性、身高170厘米以上、获得过两次以上地市级文艺奖项！"他们"很熟悉从手段到目的之间的一切关联"，这就是典型的"萝卜招聘"，是"拿着公共资源的瞎胡弄",事实果然!"人选是县委常委、县委办公室主任王某的侄女,之所以拖了这么久,就因为她的自考大专文凭还没拿到手。"

这个小说中,陈倩和她的经历只是个试纸,郑鸣和他生活的、关系错综而微妙的"场"才是主角。颍川就是这样一个人群集中的生态场,有它的规则与逻辑,有"大鱼吃小鱼、小鱼吃虾米"的生物链。它像一个"难以言状"的"臭水塘","河面上污腻晃动,密布着黏稠的物质和细碎的紫背浮萍",陈倩在经历了沉沉浮浮的屈辱后,最终掩鼻而去。她带着母亲,背着父亲的骨灰,她说:"我要离开颍川了,以后不再回来。"郑鸣说:"哪儿容留你,哪儿就是故乡。"颍川不容留陈倩们,它不配做陈倩们的故乡,可它容留着郑鸣们,它是郑鸣们看透说透但离不开的故乡。可是,颍川这"臭水塘"里的这群叫作郑鸣、戴胜的鲇鱼,也只能一如既往地"混吃等死",在水塘的臭气与滋养中与之共存:"他在水里扑腾着,拼命往外吐,吐啊吐啊吐不尽,也就作罢了,任由那种恶心的滋味在舌间齿后融化蔓延。他展开双臂,划动着污秽的河水,从容而又娴熟地往回游,身体半浮在花花绿绿的水面上,仿佛一条优雅的鲇鱼。"

在中国的土地上,有两千多个颍川这样的县城,有数不清的、许许多多的郑鸣、戴胜、方局长……想到这里,我忽然想起崔健在《混子》里的歌词:"我爱这儿的人民/我爱这儿的土地/这跟我受的传统教育没什么关系/我恨这个气氛我恨这种感觉/我恨我的生活除了凑合没别的目的……"他们,对他们栖身的"臭水塘",我们,对我们栖身的"臭水塘",会有这种感受吗?

写了这么多的个人命运与生活环境之间的矛盾,李清源依然"怀怨难解"。他自己因为写作而离开了县城,并在时空上都与故乡拉开了相当远的距离,可他仍将不断通过绵密的、唤起强烈酸痛感的细节,剖析这"冰冷黏稠"、生命沉陷进去、渐被淹没的生存场之泥沼。与他强烈而清晰的不适感成正比的,是他强烈而清晰的期冀,尽管面对现实他语气伤感,在失落中保持着微笑,可他在内心,仍宁愿对希望矢志不渝。

小人物们的"被"问题
——论李清源的中篇小说《苏让的救赎》

不知为什么,在阅读《苏让的救赎》的时候,我常将心神停留在那句话上:"老楝树的叶子已经落尽,干枝之上的天空碧冷如冰。"该是什么样的劲风一阵猛似一阵地吹来,让一树叶子扑簌簌地不住颤抖?让它们无论如何狂乱地摇摆挣扎,也终逃不脱纷纷零落、等待被碾作尘泥的命运?又该是什么样的一双眼睛,穿过干枯清瘦、孤单灰暗的一段段枝条,看到了笼罩其上、高不可触的天空的"碧冷如冰"?天空——风——老楝树之间,原来是有着深远的因果关联的,老楝树的叶子落尽,近看是因为风,实则是因为天空啊。而天空好似变幻莫测、难以捉摸,但每一次绿芽萌发、黄叶飘零,又无不是它的意志在人世间的体现。

而了悟到这些的作者,比如李清源,该是一番怎样的心境呢?也许从此就无法安然,"就是抵制不住源源不绝的伤心"。何止是"抵制不住源源不绝的伤心",我想,李清源的内心情绪里,还有一股同样甚或更强烈持久的、"源源不绝"的愤怒。童年与作家写作之间的关系之重要,已越来越被人注意到,那懵懂时期的经历,已经暗自决定了一个作家的文字宿命。李清源也是如此,他的亲人和自己所经历的生活让他曾经这样写道:"辛酸童年是我此生无法消磨的痛楚,而造成我灰暗压抑童年的根源,亦我所夙寐不忘。"基于眼见或亲历的芸芸众生生存状态的伤心,和源于个人童年那"夙寐不忘"的记忆,就成了他写作的情绪出发点。

《苏让的救赎》就是这样开始的。李清源以平静淡然的口气,讲述了一个小人物回乡救赎因伤人而被关押起来的父亲的故事。在这段冲突矛盾集中爆发的情节片段里,他敏锐直接地切入社会人心日常性的深度地带,在小人物物质、精神、情感甚至命运的不可解脱的尴尬中,深味体察、剥衣现行,倔强叩问这逼仄生存空间的诸种源由。在不断的追究叩问中,他发现了藏在苏让父子、王大红、谢春丽等小人物命运中的"被",并在对"被"的细品与溯源中发现了时代与命运相互纠葛的掌控力,发现了造成这"被"的社会问题。于是这些问题堵在了他的心中,压积成无法释怀的愤懑与持久难休的质疑。难能可贵的是,他并没有因此而写得激烈急切,反而耐心地顺着细节的藤去拽出那扯扯蔓蔓的瓜秧来,让人物的人生流程与命运起伏自然地浮现出清晰图形。活儿做得老练精致、不失温情。他对这些艰难时世中挣扎的灵魂,不忍逼到死角,而是怀着理解甚至设身处地的宽谅,积极认真地探索着面对现在和未来,他们可以栖居身心的地方,哪怕是生活命运所留出来的逼仄小缝隙,他也愿意写出这些生命在艰难缝隙里所开出的生命之花,深嗅出他们所散发出的隐幽芬芳。

这篇小说的主要人物是苏克修、苏让父子和在这场救赎与被救赎事件中起着重要作用、很少露面的被讲述者谢春丽。苏让是大学毕业后被漂亮女友抛弃、换了几种工作都做不好后开始卖书的城市流浪青年,苏克修是总被乡间邻人拿来恶劣取笑的对象。他们是生存在社会底层的小人物,"普普通通","按理说应如大海里一滴水,或者万里平川上一坨泥,默默而生,悄然而死"。他们在他们的环境中,就像阿Q在未庄,即便最后死去,也是"全身仿佛微尘似的迸散了",在历史和现实的巨大时空中,都不留丝毫痕迹。就是这样的苏让父子们,经历着大时代变动中的属于他们这个阶层的普遍命运。小说的引爆事件是:苏克修捡到了10万元钱,他想私吞,好给在城里打工的儿子赞助首付。但丧妻的他新相好的一个女人王大红也想分一部分,他不愿,于是王大红"大义灭亲"上报了,他恼羞成怒,暴打王大红一顿。然后王大红就住在医院,要让苏让赔款。苏克修被关进了派出所,等着苏让去救他。接到这个消息时的苏让,正在跟新女友谢春丽闹别扭,他在接电话的时候,谢春丽摔门而走。苏让匆忙坐上中巴回了乡,他一边处理着此事——到伯父家了解情况、去医院看望王大红、去派出所……一边回忆起了自己人生片段的前生今世——母亲去世、被前女友抛弃、工作不顺、与新女友相处不快……在束手无策、钱力不足的情况下,那离去的女友谢春丽却不断在暗中出手相助:她付钱请律师、打款赔付王大红……伴随着情节发展,苏让穿过事情表层看到了之前没有意识到的真相——他对父亲苏克修的感情真相和对谢春丽的感情真相。因这件事故,他与父亲平生第一次消除了以往的误会,他发于童年记忆的耿耿于怀的情绪消淡了,他意识到了父亲的可悲可怜,于是他"额头抵着相框,心头涌动着难言的悲伤。此时此刻,他才发现原来并不了解父亲,或者说,他根本不认识他父亲。他与别人一样,只是看到套在父亲身上那只变形的壳,甚至连这只壳,他也没有看完整过。苏让从没想过,父亲也有权利选择他想要的生活方式,有权利用他自己的思维和眼光去观照这个世界,寻求他想要的自由"。他消除了对女友面相丑陋的心理歧视和压力,在"怎么办?怎么办?苏让抱树而立,将脸贴在粗糙的树皮上,难过得想哭"的时候,他真切感受到了谢春丽对自己的关心照顾:"不用说,一定是谢春丽。苏让将脑袋搁在枕头下笑起来,笑啊笑啊,一直笑得泪流满面。"更重要的是,他清楚地意识到了来自内心无法遏制的思念与期待。"他拖着细长的影子,走在柔媚的夕阳之下,以一种前所未有的爱意和温存想念着谢春丽。"

苏让、苏克修都在"被"中无奈而艰辛地活着,他们没办法要尊严要体面,是生活不由自己"掌控"的"人偶",只能来风承受风,来雨承受雨。但即便如此,在"夹缝"中压抑度日的他们,最后拥抱了现实。这现实或许如破棉絮般残破,但是抓得着的仅存温暖——来自情意的温暖。"苏让想起了人们常说的理想与现实的悖论。对于此时的苏让来说,理想是那边赏心悦目地吃烤薯的美女,现实则是藏在身后突然跳出来吓人的谢春丽。但他深知,自己能有的唯有现实,所要的,也只是现实。他张开双臂,将谢春丽揽在怀里。"

李清源通过苏让写的是苏让们,通过苏克修写的是苏克修们。

他尊重并尽可能深入地理解、体会他们作为个体人的生命,他们的家庭、性格、人生遭逢,他们经历这些时的喜怒哀乐,他们爆发或压抑下去的委屈苦楚……但他们的生存状况是相同的时代宿命。那么,这是种什么样的生存状况呢?"他们的生存状态是如此尴尬和困窘。他们所面对的,是进不了的城市,回不去的故乡,以及由此而衍生的深沉如海的无归属感。"这群被送上时代祭坛的羔羊,承受着比前辈人更苦而无着的内心煎熬和灵魂流浪,祖辈生活的老家已经凋敝,农村和农村人的生活延伸进了城市,但拥有一个钢筋混凝土的城市之家,融入这巨大丛林般的环境里,也很难啊!"出走乡土使他们割断了血脉所系的根,投奔城市却又得不到承认和接纳,他们成了夹缝里的人。——该有多么巨大的裂缝,才夹得下这数以亿计的'边缘人'啊!"他们过于被动地活得"踉踉跄跄",他们的命运等待着被救赎、被改变。

每每谈到这个社会问题的时候,李清源就会有些兴奋,微微激动,略带嘲讽。他在小说中将写作背景隐得很深,但那是人物生活之流下的坚硬河床,读者看得见鱼来虾去、水草飘摇,却看不见那河床暗自决定着一切。在创作谈里,李清源会经常对这"宏大问题"的河床发出响声,他想探讨小说的时代背景,他想让人们明白他写作时的良苦用心,他希望读者们能在头脑中勾画出苏让们的"生存状态"与时代背景间"比较清晰的逻辑关系"。真是"知我者谓我心忧;不知我者,谓我何求!"写作方向明确、表意目的坚决的李清源,"路曼曼其修远兮",去让"心灵在虚空中游荡飘忽"地"上下而求索"吧!

在目前的小说创作中,有些作家时时回头望,在怀念贫穷而温情年代的乡村生活中,掬一捧"再也回不去了"的怅惘热泪,他们对未来感到一片迷茫;有些作家的目光聚焦当下,却无法穿越现象层的繁乱芜杂。他们写尽了众生相的千姿百态,然后带着与普通读者一样空慌而急切的眼神,着意于攫取脸前手边的各种名利,他们也裹挟在了对看得见的实利的追逐中。而李清源写的是此刻,心里怀的却一直是未来,他的意识含纳了大的民族命运的未来。他深深明白"民众的生存状态,则是衡量一个国家是否文明进步的重要依据",因此他更忧戚现在。现在的苏让们的生存状态说明了什么?那么未来呢?未来的苏让们该有什么样的生存状态,才标志着我们这个国家的"文明进步"?李清源希望,未来的苏让们,起码要有人作为社会生命体要有的——尊严和权利。

在南极忏悔
——张宇访谈

在中国作家中,张宇应该是到达南极的第一人了。从那里回来后,他写的《对不起,南极》出版后引起了广泛关注。我读后,不由被他的思考裹挟而入。于是,在2013年9月1日下午3点,我去拜访了作家张宇,围绕着他的这篇新作《对不起,南极》做了访谈,整个过程相谈甚欢,并常因他的幽默而笑声不断。

"我看不起自己"

孔:你的《对不起,南极》写得挺好,这本书首先给我的感觉就是这十多年来不太在状态的张宇的魂儿又回来了。我指的是你这里边有那种把自己投入进去的沉思,把自己内心的情绪渗透进文字中的状态又出来了。

张:这是我比较熟悉的写作方法。

孔:《软弱》后的"公检法三部曲",你是把自我主体抽出来了,就是轻松地讲一个别人的故事,里面市场化的元素还是很明显的。

张:我的创作,在写完《疼痛与抚摸》之后,有意地扩散开了,有意地扩大了写作面积,市场化的元素确实存在。小说就是市场化的。小说的出现就是传奇性的故事,小说的存在不是为了新鲜的理论,这是不对的。每一个作家都在面临这个问题,一边想写纯文学提高自己的品质,一方面想扩大自己的阅读影响,作家都在这个两难之中,我也是这样。

孔:《对不起,南极》又转换回来了,只在意表达。

张:对,写作态度决定作品的走向。我现在到了中老年的坎上了,有了一种自省的态度。一个作家怎么能自己不检讨自己呢？我是不自觉地反思,自己对自己的反省,像牛倒沫般的反刍。到南极后很痛苦很迷茫很绝望很悲悯,这样自己就一下子打开了。其实跟南极也没太大关系,南极就是一个借口。我写得比较自由。

孔：就是借南极写自己的生命感悟。

张：是,李洱看完后就打电话说:"你与自己有仇啊,把自己当敌人了。"确实,我是我自己的敌人。这是一本自省的书,是对自己的看不起。我看不起我自己,到一定年纪了,回观一生,很不满意,这是现实。到了满是冰雪的地方,朝圣一样,看到了自己的灵魂,特别后悔,都干什么啦?!

孔：有没有觉得,以张宇的才华,跟作品比较起来,有些不相称？应该会更好,你这个宝藏没发掘充分。

张：这是积极的看法,还有一种消极的看法,一个人的才华的挖掘是需要客观条件的。我从小的客观条件,是生存问题一直解决不了,别人都在忙知识积累的时候我在忙生存,知识积累完不成的话,传达的能力就上不去。

孔：物质确实是作家的生活基础,也会构成局限。可文学传达实际上是个持续不断的过程,后来的不断积累也会起作用。

张：对,也会上升的。但对自己的挖掘和天赋的开掘总是有限度的。这部作品我在写作态度上有所突破,不做作,也不是故意的,回忆的时候不舒服,有种痛苦,把这种痛苦写出来了。其实就是作家跟自己的紧张关系,开始是和平共处的进入,写着写着就是不能和平共处的关系了。这次声声泪,控诉的都是自己。声讨的、批判的、厌恶的,都是我自己。

孔：如果能拐回去的话,会不会走得不一样？

张：人生是不能重复一遍的。一个人经历什么,是个人的命运,是缘分。缘分没什么高低、大小、好坏之分,是个人化的。人在经历各种机缘巧合上是不一样的。如果这样思考问题的话,死得就会更安静一些,就会不留恋这个世界,也不留恋自己。

孔：到了南极,真正领略了什么是天,什么是地,发现人跟企鹅是一样的,很多事情原来都不算什么。

张:可以忽略不计。说句内心话,从南极回来后,觉得老婆啊,孩子啊,都是局外人。当然,这不是指具体的,是指观念上的。生活中那种反人性的种种规矩限制啥的,想明白了,就这么回事。

孔:你就是想得太明白了。

张:有什么不好啊,总比想不明白好吧。

孔:《对不起,南极》是你近十来年作品的升华,写的时候好像很自由,结构意识挺强。

张:我是讲究内部结构的。虽然想说什么说什么,把自己写得很舒服,但是意识上有结构。结构能力弱的作家就会小心翼翼的。我这部作品结构有两点:一是主导情绪,这是内部的结构意识;二是从出发写到回来,这是外在的。很多作家都把结构只当成外在安排,是个技术问题。其实不是,这个外部的结构好处理。还有个情绪问题,决定一部小说的主要是作家的情绪。要先确立一个作品的主导情绪,这个不能变,一变写作就摇摆了。

孔:李洱的结构能力也很强。

张:对,李洱也是这样。

孔:你和李洱,都是懂幽默的,你觉得你俩的幽默有什么不同?

张:李洱比我客观,比我冷,比我理性,他是冷幽默,但出发点很温暖,只是他的语调很冷。我的幽默语调温和一些,可内里很冷酷,也许比李洱更绝望。

孔:你的幽默核心态度是"嘲",不是讽。有时候言辞上狠,心里不是,最后总是宽解了。

张:我是会心一笑,嘿嘿而去。最近有一个人打电话反馈说:"有些部分写得很好,你怎么不放开?比如写到父母,写到南极,为什么浅尝而止?"可能这是他的理解,他的智慧只到这个程度,他理解不了。我什么都要放开写,那就不是我了。这部作品我是大块留白的。

孔:这部作品里,让我非常难过的是你对父亲母亲回忆的部分。

张：原来没打算写，写着写着就跳出来了，跳出来就写吧，写完反倒把对父母的感情放下了。

孔：对，通过写这部作品你放下了很多事。从对母亲去世前在医院里的那段描写可以看出，你之前好几年应该都在自责，真写完可能就有些释怀了。还有就是那个官司。

张：对，我就是借着这个作品做了一些减法。我不管别人怎么想，这是我自己的事情，我自己做决定。你愿意抱着你拿上，我不拿了。现在好像那被起诉的不是我，是别人一样。

孔：你写夏泊这段，说了很多他的优点，你有没有担心会有人质疑说张宇在巧言自辩？写这段是你预先就想写的，还是写着写着自己跳出来的？

张：现在人与人交往好像形成了公式，说一个人好就为了回报一样。也是写着写着跳了出来，那我干脆写出来算了，这么多人关心这事，其实这么多年，我从没把我真正的想法给人讲过。我不在意别人怎么想，我没巧言自辩。当时我说过一个比喻，夏泊拿了个木头，我做了把小提琴。夏泊反了一个，反得很妙，他说："我做了个小提琴，张宇刷上了漆。"这里边主要是一个文艺理论问题：一个作家，你进入的时候就是主体进入。

"上帝和佛都靠不住"

孔：《对不起，南极》的写作过程挺有意思，可能跟你读佛学有关系，先是写有，生活中各种事情对自己的困扰或者影响；后是写无，天地茫茫间的大无。你这大无，让我挺吃惊的，物质的无没有了之后，你把人类最终要皈依的精神信仰——上帝与佛也消解掉了。

张：也不是故意的，就是面对自然时的一种突然领悟。我突然想人类没有了，这种精神信仰还有吗？猪没了，猪毛在哪儿？上帝也好，佛也好，他们的存在在于人对他们的感知。他不是客观存在的,是主观存在的。当然,客体也是依赖主体的感受而存在的。人的感受这个土壤没有了,精神信仰还有存在的可能与必要吗?

如果人类消亡,上帝就不在了,佛也不在了。上帝与佛,是人类的自我感知,是很严重的自我安慰与自我想象。

孔:你最后的结论挺有意义,上帝与佛并不能拯救人类,真正能拯救人类的还是大自然。

张:对,还是大自然。人类是大自然生出来的,要爱护这个子宫,要爱护这个母体。如果抛开了这个,人类就不能存在。这也是我以前没有想到的,算是南极对我的教育吧!刚才你说得也对,我这本书是从形而下写起,写到形而上,是这样一个走向。

孔:反过来读也挺有意思,在这样一个大无的背景之下,再来看尘世生活中的种种困扰,原来都很微小。另外,我突然胡思乱想,结尾换一段,或者再加上一段,写这个从南极回到郑州的陌生人,逐渐适应周围,尘俗的欲望、烦恼和挂牵又逐渐显出分量,柴米油盐逐渐被在意起来,南极的影响随着岁月逐渐风吹云散,消失于无形,会不会更有意思?我想:所有心灵都可能遇到洗礼,只是驻留下来的影响有几分?更何况健忘症总是时刻发生的。

张:这样就是许多人都到过南极,只是载体不同。我是真有了看南极的机会而已。每一个人经历过的让他感动醒悟的地方,就是他的精神家园。人类,尤其是知识分子,有一定的觉悟后,主动就是一种痛苦。人的思考大多是很懒惰的,别人怎么样我就怎么样,我只要比别人生活得幸福就可以了。你说的这种可能性很大的,就是又没有了,又回到了轮回。我知道你的意思,但我是不想往那边走。那会更深重,也会更恶毒、更可怕。人回到世俗后,在世俗的欢乐和烦恼中逐渐忘了思想的痛苦和终极关怀的迷茫。这是又一个轮回,我觉得还是有一种希望吧,还是给自己和大家一种希望吧。我不想写得那样绝望,也不想回到轮回中间来,但可能下一个作品就会回到轮回里来。我现在整个心态还是久久回不来。

孔:现在还没回来?为生活忙碌的实际运作回来没?

张:现在还没完全回来,生活回来了,心灵还没有,还是两张皮。以前做事很认真,现在无所谓了,随便了。

孔:《对不起,南极》意义是多重的,对科技的反思,对生命经历的反思,对民族差异的反思。读完后,阿根廷自由广场、南极英雄谱、企鹅都给了我深刻印象。你的着重点是政治文化反差、民族思维民族性格的反差,我感觉你是怀着一颗温暖的心去探索民族现代性的距离和方向。

张:我这样写了吗?我可能理解中国人是怎么样生活的,我熟悉我的生活方式,我又感受到了别的国家人民的生活方式是那样的,很不一样,总而言之都是人类的生活,各个民族生活的形态再怎么不同,也不能作为破坏自然的借口。

孔:最后你把思考推至人性上了。

张:我在南极的时候就没有觉得自己是中国人了,在那个环境里,你就觉得是一个人,是一个自然人。

孔:南极的境界是一步步往上走的,先是反思我,然后是在路上反思国家民族,最后反思人类的发展。

张:这就是差异和过程,如果没有差异、过程,就不会助长一步一步地思考上升。

孔:这个作品的重心我觉得还是不同的民族对比,在对比中你留下了很多空白,点到为止,为什么不深入多说一点?

张:更多的东西留给中国人自己去阅读吧!中国人自己的情况我们自己知道。

孔:其实这部分是作品的重点,甚至从杨青的印度老公开始,你就在探讨这个问题,甚至去之前办手续什么的,就已经开始了。

张:这是我最喜欢的。这是因为我们的生活中没有。一对比就知道,我们生活得多么琐碎,多么拘谨,多想放开一点,自己的愿望就是很想放开一点,自由一点。当然我写得还是很谨慎的。

孔:你写得确实谨慎。但这点是整个作品的主线。

张:我回顾了我自己生活的实际状况,那种压迫感。也是我自觉地代表我们自己民族的一种自省。我写作时是宽以待人、待物的。随着阅历的增长,我知道,这也是人类社会发展不可逾越的过程,逐渐学会接受它,但接受它并不意味着它就是优良的。反思的时候,困惑就产生了。这个作品我写的时候很平和,只是对我自己,第一次这么不可饶恕地批评。

孔:这是不是也是你不想要我说的那样的结尾的心态?你把这些看成一个过程中的必经阶段,你还是愿意往前看,还是愿意有希望的。

张:对,心里边愿望上还是觉得有希望,有进化的思路的。过程是不可超越的,是需要经历的,是需要承受的,但不能够彻底反对。什么样的社会制度、文化形态都不是完美的,都有弊病。我们五千年的文明史,历史最长,进化最慢,我们往自由民主进化最慢,有历史和文化对人的压迫在其中。

孔:《对不起,南极》信息量还算是挺大的,从任何一地方切入,都会有感受和思考。

张:中西方文化的对比,对哲学的否定,对科学的否定,人与自然的关系,等等。只有这种方法才能简单地否定,不然距离太近了。

孔:你在文中说人类最完美的阶段就是农业社会了。确实,工业社会一开始,人类立即进入另一种速度和轨道。

张:是的,我这个判断也是以科学来鉴定的。农业社会,人类产生的垃圾对自然的回馈是营养,通过自产自销的方式,实现有机循环。但到了工业社会,垃圾就消化不了了,成了地球的重负,这是人类社会的严重分野,与自然规律背道而驰。

孔:科技发展就是双刃剑,越到后面,负面影响也许越大于正面作用,提供便利越多,危患就越大。把后代的资源环境都破坏掉了。个人聪明和人类聪明都一样,都是挺可怕的聪明,也是挺可怕的愚蠢。

张:对。比如现在,因为种种原因,地下水污染挺厉害,一些地方,许多人得了疾病,代价大不大?对人生命带来了伤害,得不偿失。

孔:南极跟你是挺有缘分的一个题材。如果不是南极的话,你的许多思想的毛也会找不到猪身子。

张:我正好撞上了这样一个缘分。这几年我读古籍和经书比较多,生活上也有些起落,这些因素巧合着催生了这部作品。如果不去南极的话,我可能往何士光的《今生》那个方向写了,会认为佛能解决一切,甚至也许会皈依。

孔:但去了南极之后你把佛的价值也消解了。

张:对,上帝与佛是靠不住的,他们也不能帮助人类、帮助地球。

孔:这个认识,许多人不会有。

张:没有机会就不会有。缘分就是去南极的就我一个人是作家,一个作家在痛苦地思考着。每个人都有自己的南极,南极只是一个载体。这个是思辨的。每个人都会有会心和思考那种很灵动的接口,但是要有很多东西铺垫。有些人活了一辈子不会觉悟,有些人突然一笑或突然一哭,就觉悟了。每个人的觉悟方式也是不同的。

孔:西藏之行是不是铺垫了你的创作心态?

张:我从西藏回来后,痛苦了一阵。写了篇四万八千字的散文,存在电脑里突然就没了,手写底稿又不在了,怎么也找不到。之后就没再写,写南极的时候又回忆起来了。

孔:写完南极后是不是一下子有种空空的感觉?

张:对,给自己一个交代了。基本上是想明白了,写明白了。我解决不了,但可以引起别人的注意。

孔:你在《对不起,南极》里着重写到了三个英雄人物,为什么?

张:东西方文化里都有对人类命运的关怀,有很温暖的东西。关于南极,关于南极英雄的描写,一百年来一直在写,写过很多东西,拍过电影,但我写的是我的南极,是我的感受。写这三个人物,我是想写人性格的对比、人类文化的对比。出发点不一样,文化就不一样,性格就不一样。阿蒙森代表海盗文化;斯科特代表绅士文明,更多悲悯的情怀;沙克尔顿的精神亮点是人人平等,从没有特权意识。

孔：这三个人物的后世认可与判断挺有意思,常有变化,也许,一个民族,整个人类,价值观都是不断发生着变化的。

张：对,需要不断地认识,再认识。人类对价值观的认识是漫长的过程,没有定论,没有结论,只有感受。我是这样想的。跟年龄有关系吧,人越年轻越容易下结论,越爱谈死亡,谈终极关怀。

"再不能与自己和平共处"

孔：你最初写小说的时候,20世纪70年代末到80年代初,写的都是短篇小说。我觉得你那时作品里的细节,对生活的感受把握挺好。

张：那时候非常年轻,二三十岁,有一种对生命的渴望,离开家乡时间短,写得很清新,写起来也觉得很亲近。那时我也喜欢孙犁这一类作家,写了《河边丝丝柳》《夏夜小河边》《秋天桂花开了》《土地的主人》等一系列的作品。《活鬼》是第一个中篇,我的作品从《活鬼》是一个分野,个人思想发生了一些变化,包括对人的理解、对文学的理解,我一个人坐在角落里对中国文学进行了野蛮的反思。《活鬼》是我灵魂里的东西,也是我对中国文学的质疑,我觉得之前那些农民形象不是真的。

孔：那会不会也有些作家觉得自己写得不真,就是改变不了呢？

张：会,一个人知道自己有毛病,跟能改变是两码事。写农民,是主体进入还是客体介入,是两回事。这很重要。

孔：你那些小说的细节非常有意思,比如《秋天桂花开》。我觉得这里边透露出你后来写作的两个重要特征,一个是真挚的乡村情感,另一个是从日常生活中发现幽默的敏感。这部作品跟《活鬼》看似没关系,但实际潜隐着你的创作趋向。你的感受世界里,先天亲近民间智慧的东西,农民是人穷智不穷。

张：我从来不觉得农民庸俗,我一直说我是个农民,我是很骄傲的。中国是一个农业大国,农民继承中国文化的基因最多,有什么可自卑的呢?没什么可自卑的。你看沈从文写的,他作品那个美呀,用乡土绝对不能概括,是人类生存的大悲大美。作家创作的时候是酝酿一部作品,感受是母体,而不是生产什么思想作家不是带着思想去写的,是带着感受、情绪去写的。所以沈从文是水,再老一个男人也泛着少女的感觉,灵动无比。

孔:你之前的《刀客的礼物》等作品中有股烈气,跟你家血缘有关系吧?

张:是有一点,我爷爷就是一个土匪。也跟我们山里的地域有关系。山区跟平原地势不同,一转弯就有一个风景,就有一个巨变,这就造成了我的起伏。

孔:你现在跟自己关系怎么样?

张:我主要就是跟自己关系搞不好。我在1994年写了《与自己和平共处》,就发现了与自己保持一种什么关系很可怕。跟自己是什么关系很重要,跟自己关系太紧张的话会很痛苦,我选择了这样一个载体、一个语言,就是跟自己和平共处,不要太认真了。

孔:这个随笔大家引用得挺多。以此证明你开始转型了,不想伤筋动骨了,开始想放轻松把玩摆弄了。

张:作者写到一定程度触及自己的灵魂,是很痛苦的事情,他要确定一种面对自己的态度。与自己和平共处是自己面对自己规定的写作时的一种状态,跟设定程序一样的。这样就基本解决了我的写作问题,跟个人的状态是两码事。但这一次我就超出了那个状态,《对不起,南极》超出了与自己和平共处的状态。

孔:看来你还是不能与自己和平共处啊。你的务虚能力很好,作品《没有孤独》《自杀叙述》,思辨色彩很强。20世纪八九十年代你的文学影响还是挺大的,《软弱》后滑坡了,生活困扰多了还是为什么?

张:也不是什么生活困扰,就是心态变化了,心态杂了。

孔:我喜欢你的几个小说:《活鬼》《乡村情感》《没有孤独》《自杀叙述》《疼痛与抚摸》。在《乡村情感》,你把他们的客观处境写得很可怜,但你把他们的精神气节写得很高昂。

张:哦,《乡村情感》我写得很极致,写得也是很可怜的,实际情绪藏得挺深。革命者被革命抛弃后,生活艰难,但他们自身对生活还是很认真很热爱。他们的生活让我感慨,我是在这样的情绪下写的,我写得很难受。

孔:有时候觉得读你的这个小说,就像在剥洋葱,一层层,每一层都有说道,但那内核裹藏在最里面,最辣。你作品的精神走向藏得挺深,情绪饱满,张力大,意蕴开阔。《疼痛与抚摸》你就藏得挺深,你就是借水月她们的故事写自己,在写自己的情绪与态度,颠覆性挺强,也把某种形象复位了。

张:王蒙老师就说过这篇是意识先锋、叙述先锋的小说。

孔:《疼痛与抚摸》顺着每一个指向走,都可以说上许多,好像混融了许多的主题可能性。

张:我觉得没有什么主题思想,我老实交代写作过程,就是我带着大家一起思考,到最后我也没有思考出结果来。但在思考的过程中,有很大的思维空间张开了。当时在北京开研讨会,开了一天,什么男权主义女性解放政治寓言,大家争论得很激烈。其实一个作家没有什么主义,不是为主义写作的。我当时就觉得这可能是一部不幸的小说,也可能是一部经典之作。经典之作的话需要时间来证明,我也看不到;不幸之作的话,一阵热闹过去就算了,我也无所谓。

孔:你这篇其实跟男权女权没多大关系,你是借了这样一个故事来做壳,壳本身不是重点,重要的是你壳下的寓意,挺挑衅的,气质也挺凛然。

张:对,正好让我释放了情绪,借尸还魂吧!《疼痛与抚摸》是我写得最复杂的书,我自己都不知道写的什么,也是写得最简单的,就是写作愉快,把各种感情写到了极致,有叙述欲望,当时是一上午写五千多字,钢笔写的,哈出来的。诗意的、哲理的、思辨的东西,也是涌出来的,不是苦思冥想慢慢来的,是情绪带出来的。

孔:莫言那状态更厉害,一天写一万多。

张：对，他身体好。

孔：《软弱》呢？是你有意识的调整吗？

张：是，《疼痛与抚摸》后写的《软弱》，内部人性上对人的开掘还是一样的，只是在外部叙述语言上边洗去了一些才华，故意用大白话来表达。《软弱》是从一种叙述转到另一种新的叙述，挺费劲的，到《潘金莲》《表演爱情》就轻松多了。我当时觉得一个作家要多方向伸一下触觉，看到底有多远。

孔：现在也伸过了，也走得挺远了，可以收回来了。

张：当时谁也不理解，其实是写完《疼痛与抚摸》，一个作家对自己才气的消费，消费掉了就没有了。这东西不是努力出来的，是放出来的，放出来，舒服了，没有了。再写，就是《软弱》了。

孔：主要是你憋着的那股劲泄了。一些作家，始终憋着劲不改方向地去不断写，比如莫言就是这样，总保持着热情和心劲。

张：这就是我跟莫言的差距。

孔：你继续保持下去会不会更好？

张：写作不是批量生产，如果产生不了激情，就厌倦了。我对自己的文学品质估计不高，文学要天分好积累好，我天分好，后期积累不足，不能走很远。

孔：也不是积累不足，就是人聪明，天分好，玩心重，兴趣点多。

张：对，我是转移得很快，几棵树让我玩了几年，写作的事早忘了。

孔：但你心里还是把文学看得很重，《软弱》之后的几年，你有没有写作状态和情绪上的焦虑感？

张：你这个问题好，有。很焦虑，但我的焦虑跟别人不一样，我不是焦虑外在，而是发现自己有问题了，写完《软弱》，尤其是《表演爱情》之后，不满意了。

孔：《表演爱情》写完你后悔没？

张：《表演爱情》写得很愉快，卖得也很好，但我确实后悔了，文学质量确实下滑了。我觉得很恐惧，警觉到必须打住。

孔：你的作品跟你性格关系挺大吧？我觉得你的性格挺有意

思，一方面你很能善解别人，也能宽解自己，但另一方面，你对别人和自己的是非好坏心里特别清楚。

张：我对自己最刻薄了，心里不断地骂自己，我在《足球门》里流露过。我常常自言自语骂自己：又犯错误了。骨子里我没变化，对文学的感情和写作态度我一直没改变多少。矛盾谁都有，我不过更充分些，毛病多了些。我的特点是互相矛盾的东西可以在我心里共存。我的作品，从《活鬼》开始，很少是单一的，而是多义性的。一个人不可能解决所有的矛盾，不如把它们放着，养着，养着养着就可以互相供养，这样作品就不会太单一，太干净。

孔：《活鬼》是非常接近你自己的。一些评论把《活鬼》当作民间生存智慧，侯七有种命运危机的敏感，善于变通，可我再次读觉得他身上还有些庄严的东西，作品还隐在地对正而大的那些的偷笑与揶揄，是弱者的对策。

张：鲁迅写阿Q是精神胜利法，我写《活鬼》是物质胜利法。侯七生活在人与环境的紧张关系中，这不是这个人的责任，而是外在环境的压迫。他每天都很认真地生活，他没有力量改变生活关系，生活关系改变了他，他必须不断适应生活关系的一种矛盾。人的命运不可主宰，能主宰的是生活态度。侯七是"我不管老子成什么，你们说我好也好，说我歹也好，我就是这样一个人，你想说什么说什么，我从来没变过"。他不是逆来顺受的，是挑战的，这改变了一贯的农民形象和作家一贯的农民想象，破坏了一种叙述习惯。这个作品当时影响挺大，我破坏了一贯的小说写法，解放了许多人的文学观念。其实我骨子里是现代的，黑色幽默的，那时看了海勒的《第二十二条军规》，他多少点亮了我的中国生活感觉。

孔：看来作者某一阶段的读到什么书很重要。

张：那当然。不是书籍，是某个作家对你的帮助，可以说没有海勒的诱惑，就没有《活鬼》。《活鬼》是我的，但那是海勒诱惑我写作的。

孔：也是缘分，你什么时候碰上什么书，能不能点亮你，是种缘分。你还喜欢哪个作家？

张：梅里美。他写了二十几个中短篇就不写了，当时很多人崇拜他。他写小说也不发表，放在桌上，谁想看谁看，他让我印象挺深的就是写作到底为了什么，就是玩，不是功利性需要，是作家个人才华的主动泄露。另外，我写《疼痛与抚摸》时两个作家诱惑了我，一是米兰·昆德拉，当时我看的是韩少功翻译的《生命中不能承受之轻》，另一个是勃兰兑斯，他对我语言的启发太大了。他是世界上伟大的评论家，他对一批伟大作家居高临下地进行评价。我一看就很对味，哎呀，这就是我的朋友。

孔：后来变成了你的腔调。

张：有一点吧。

孔：你怎么撞上勃兰兑斯的？

张：李艾云推荐我看的。优秀作家很多，经典作品很多，适合自己的，你看了很喜欢，能沟通，引起兴奋感，就像看到情人一样。

孔：最后问一个跟你的生活和写作都挺有渊源的话题——盆景。养盆景很多年了，对你的心态、创作观念等有什么具体影响？

张：说我养树，还不如说是树在养我。你知道一个作家也要生活，特别是一个进入城市的作家，没有什么朋友，和城里的人打交道很不容易，我和我的树都来自乡下，可以做个伴儿。它们依靠我养才能够活着，我依靠它们的滋养才能够安静下来，不那么孤独。这是一种很独特的生活关系。也许对我的创作有一些影响，到底影响了什么，其实我也不明白，也不愿意明白。

情感是写作的灵魂
——对话李佩甫

我总是碰到好人

孔会侠：李老师，您好。首先感谢您接受我这次采访。据我所知，您1953年出生在河南省许昌市的一个大杂院，是这样吗？

李佩甫：我出身于工人家庭，早年生活在小城市里。城市虽小，但那里是历史上曹操迎汉献帝而迁都的"三国故地"，还是有些古风的。我家住在一个大杂院里，那是一个贫民区，五行八作的人都有。老辈人识字的不多，都是百姓。夜里睡着睡着就听见骂声四起，打斗声不断。第二天早上起来，又照常打招呼，这是一个粗暴又温馨的地方。

孔会侠：记得您曾说过，九岁的时候开始读书，读的第一本书是《古丽雅的道路》，农村的表姐到处帮您借书。此后您下乡当了知青，然后去技校学习，还到工厂开车床。早年的读书经历对您产生了什么样的影响？

李佩甫：我们家往上数，三代不识字。小时候家里没有书，记得唯一有字的就是半本皇历，我所有的书都是借的。从小学三年级开始，我就对文字这东西特别喜欢，我的阅读量是超常的。那时候我们班有个同学他爸是"右派"，清华毕业的大学生，他们家有书，记得我经常是用一块糖或者一块橡皮之类的跟他换书看。那时他从家里偷出书，限制时间，只允许我看三天。白天还要上课，看两个晚上，几十万字的东西，根本看得不细。从同学那里读的书，苏联文学居多。另外，我一个表姐，乡下的，后来她领着我到乡下四处找书，给我找的书大多是古典通俗类的，像《七侠五义》《隋唐演义》《聊斋志异》……都是比较传统的。这些儿时的读物现在已经记不大清楚了,也不重要了,关键是它们给我带来的是一个全新的世界,给我一种感觉,世界上还有这样的生活?!你在文字中会听到一种声音,闻到一种味道,看到一种你从未见识过的生活,这都是文字给予的。到了我的青年时期就不一样了,我有四个借书证,许昌市图书馆、许昌县图书馆、工人图书馆……阅读量很大,阅读的渴望非常强烈。凡是有字的东西我都喜欢,连《新华字典》都翻过好几遍。我曾经说过,书本是现实生活的"沙盘",它可以让你看到你从未经历过的各种各样的人生,走进一个个你所不熟悉的生活领域,而后反观自我,达到清洗自己、丰富自己的作用。我运气比较好,后来在工厂开车床,工厂的工会主席对我很好,他把办公室钥匙交给我,说晚上我上夜班休息的时候可以去看书,这是唯一的特权。

孔会侠:关于童年生活的回忆,您写得最多、谈得最多的是在蒋马村姥姥家的那些。您有两篇非常重要的中篇,都是以这段生活为基础的,一个是写于1985年的《红蚂蚱 绿蚂蚱》,一个是写于1990年的《黑蜻蜓》。那段时期您生活在乡村,在乡村的感受和心情跟大杂院相比,有什么不一样吗?这对您后来的创作具有什么意义?

李佩甫:对于我来说,乡村生活是一种记忆生活,也是一种补充。首先是饥饿造成的,20世纪60年代初,我八九岁时,总是很饿,那时候为了混三顿饱饭,每个星期六我都要独自一人步行二三十里到姥姥的村庄里去。那时候,一个小孩子在姥姥的村庄里走来走去,不自觉地会有一种外来人的视觉,他打量着村子里的一个个"舅们",打量着一个个太阳高悬的日子和无边的田野,品味着光脚蹚在热土里的感觉,那些就成了我后来的写作储备。

孔会侠:1971年您下乡当知青,几个月后就做了知青队队长。这段时期您对农民生活的了解、对农民们的认识,相比于童年时期在姥姥家的接触,有什么变化?

李佩甫:我中学毕业下乡当知青,那时候已经大了,那是走向人生的开始。一个年轻人,那时候是响应号召,抱着为国"牺牲"和"献身"的意念走向乡村的。有幻想、有意气风发的意味,已经不是为了混饭吃了。那时候全国都在号召"革命",下乡也是一种"革命行动",是"时刻准备着,不知道干什么"。当然,对未来是抱有美好愿望的。那时,劳动非常累,但晚上还是要坚持读一些书,对未来有憧憬,对农村生活有了更多了解,但还未完全消化,没有真正开悟。

孔会侠:1978年1月,您在《河南文艺》发表了平生第一个作品——短篇小说《青年建设者》。接着,您很快在第5期和第10期上发表了《在大干的年月里》《谢谢老师们》。1979年您就调到了当时的许昌市文化局。1983年,您调到了南丁老先生筹办的《莽原》杂志社任编辑。有人说1980年代是当代文学的"黄金时代",您如何看?那个时代的文人们,是如何相处和交流的?另外,这段编辑生涯,对您的创作有什么影响?

李佩甫:我总是碰到好人,所以说我现在是能帮忙的都帮忙。1980年夏,南丁当上河南省作协副主席,他积极为河南的文学事业和新人的成长做长远谋划。1981年,他筹办了《莽原》,又借为《莽原》组稿的名义,办起了河南省文联有史以来的第一期文学讲习班。我参加了这个讲习班,当时学员还有张一弓、刘思谦、杨东明、孙方友、赵富海、南豫见等人,班长是张斌。记得南丁在当时的开班演讲中风趣幽默地说:"搭个窝,你们下蛋吧!"我们这个班是在经七路纬五路交叉口的河南省教育学院上课,后来被称为河南文坛的"黄埔一期"。1983年我写过一篇叫《蛐蛐》的小说,在《湖北文艺》上发的,后来被《新华文摘》转载了。那时有一个老作家叫徐慎,说:"你去见见南丁(时任河南省作协副主席、负责筹办《莽原》),南丁比较喜欢你的文字,你去见见他。"我一听是让我见一位我十分敬仰的前辈,也不熟悉,心里发怯,就没好意思去。一次、两次,如是者三。再后来他专门让作家张斌领着我去了,我那时候比较喜欢现代派的文字,坐下来后由于紧张,胡说八道了一通,也不知道说了些什么。没过多久,在文联楼上开会时,南丁先生就递给我一张表，上调表，让我参与筹办大型文学刊物《莽原》，说要把我调过来，到《莽原》杂志社当编辑。这对我来说是个难得的机会。那时候在省城我没有任何关系，就是几篇小说改变了我的生活轨迹。就这样，1983年我正式调入《莽原》杂志社，1987年我去做专业作家了。这四年编辑生涯对我太重要了，那时候，一本编辑手册，成了我正规训练的方式，都快翻烂了。我觉得当编辑对我有很大影响。一个是行文的规范，编辑要校对每个字、标点符号，原来我的标点很不规范。二是看人家的稿子能增加对文字理解的宽度。做编辑很有必要，在成为作家之前还是当当编辑，有很大好处。

孔会侠：有没有对自己写作认识的提高？

李佩甫：有，认识提高就是看到了很差的文字、很好的文字，知道之间的差别有多大，区别在哪儿。当编辑要总揽中国文学和世界文学的走向，最高水平是什么，我们刊物质量在哪个水平线上。有时要讨论一些比较好的作品，切磋交流，很有裨益。文字这东西，一个是学习，一个是生命体验。写作写到极致，一是需要生活积累，二是要认识生活，用认识来照亮生活。

写作成了我的生活方式

孔会侠：后来您做编辑时，河南省文联又办了一次讲习班，您又参加了。这两次讲习班的学习，对您日后的写作意义大吗？

李佩甫：20世纪80年代是文学的黄金时期。那时候文学界经常开各种各样的座谈会，办各样的培训班。河南办过两个最重要的培训班，每次时间都长达三个月。这两个班我都参加了。当时只有一个信念：张开所有的毛孔吸收西方的、前人的文学经验。那是中国文学与世界文学接轨的一个时期，那时我们一方面阅读交流，一方面相互谈各自的"构思"……常常是彻夜不眠，读到一本好书异常兴奋。那时候，各种风格流派的作品都是谈论的话题。

这是中国作家的补课时段,《百年孤独》《生命中不能承受之轻》《追忆逝水年华》《喧哗与骚动》《尤利西斯》《弗兰德公路》……都是我们讨论的篇目。当时我们都很吃惊,原来小说也可以这样写呀?!但是真正意义上的消化和吸收是需要时间的。尤其是从文本意义上说,我们的时间还远远不够。但是,标尺已经拉起来了,已经接轨了。有了参照系,有了全方位的了解。从某种意义上说,封锁已经打破,中国文学已经插上了翅膀。能不能飞起来,就看各自的造化了。

孔会侠:前段时间看南丁的文集,他有一卷评论集,上面有一篇文章是写您。那是1987年,您在《莽原》已经快要提为编辑部副主任了,您去找他谈,说想做专业作家,想要"整块时间"来创作,他"就觉得延误了这位人才的黄金时间,也是罪过,也就未敢不同意"。这段话现在读来,让人很感动。很快您就成了专业作家,第二天就"冒着料峭的寒风回到他插过队的村子里,去寻找感觉,强化情绪"。

李佩甫:那时的领导很纯粹,也有无私奉献的精神。我们这一茬作家对南丁都有感情,他对大家都有成全,他是有恩于我们这一代作家的。他心态非常好,包容宽纳。还有段荃法,对我帮助也挺大,我经常晚上转到他家去聊天。我那时在写作上功利性不强,是被命运推着走的,不经意间就改到这个道上。我庆幸无意间找到了一个特别适合我的活儿,这是上苍的厚爱。这条路不是我自己设计的,我是慢慢无意识地走上了这条文学之路。我们这一代作家确实赶上了好时候,初期社会风气还是正的,不用托人不用找关系,相对单纯些,也不称主席什么的,顶多喊个老师,有时候还直呼其名。

孔会侠:你们这代"50后",适逢20世纪80年代的文化爆炸,大量吃进了外国文学作品的营养。看你们这代作家的写作,感觉许多小说都有一个"许多年以后"的叙述基调,这是不是意味着限制也是挺大的?

李佩甫:我庆幸的是读书比较多,阅读是大量的。它可以清洗自己,丰富自己。那时我读了大量的外国作品,有好几个作家的作品让我喜欢。比如海明威,简短的句子,他对冰山的写法、概括都是一种启示。比如法国佐拉的小说,对资本主义萌芽时期的描写。包括巴尔扎克、雨果那种对人物的准确描写。还有获得诺贝尔文学奖的略萨,80年代我就看好他,认为他的作品并不比马尔克斯的差。还有《追忆逝水年华》,很难读下去的《尤利西斯》,让我很吃惊,乔伊斯这家伙读了多少书啊,知识宽度多大啊,很多典故都是引用的。阅读让我见识了人类最好的文字的感觉,原来语言行进的方式与思维方式关系极大。文体不是人们认为的"结构",而是语言行进的方向与方式。为啥用意识流?是要走出旧有的思维模式,创造一种全新的对人类、对社会生活、对生命体验的认知方式。80年代,中国作家可以说都在拼命学习吸收外来的文学经验。先是学习,然后是"走出",只有走出后才能创造出本民族的文本。可走出相当困难。每个作家的思维方向跟他的认知水准是分不开的。当时,《百年孤独》真是给人震撼感,我们几乎都受了马尔克斯的影响,很多中国作家在一段时期之内,都会忍不住地用"多年之后"这种表述方式。中国作家要拿出本民族独特的文本还是有难度的,这是一个课题。当年,我们好像已经快捉到那只"鹿"了,"鹿"就在眼前,但是突然社会发生了巨大变化,困住了一代作家。我个人的看法,就亚洲文学来说,中国当代文学并不差,但是比起马尔克斯这样的作家还是有差距的。在文本建设的意义上,中国作家要有所突破是有难度的。莫言得了诺贝尔文学奖,应该说是给我们"50后"作家画了个句号,也算是对"50后"作家努力的一种认可吧。

孔会侠:后来,您保持了终身的阅读习惯,阅读给您带来了什么?

李佩甫:我说过,我的人生得益于阅读。也可以说,是读书改变了我的人生轨迹。你想,我家三代赤贫,父母都不识字。况且我生在工人家庭,童年生活在一个骂声不绝的大杂院里,当年很多同龄的孩子都去捡橘子皮、卖瓜子去了。我却从那个时间段开始,读了大量书。正是读书让我认识到世界很大,还有各种各样的人生、各种各样的生活方式。从书本中,我认识到什么是高尚、高贵,什么是卑下、低劣,人的命运是怎么一回事……同时,阅读又是一种丰富人生、开阔视野、清洗自己的最好的方式。当然,这都是需要"悟性"的。当你"悟"到一定的时候,你才真是站到了巨人的肩膀上。

孔会侠:您曾带着欣慰之情说过,"一个人一生能够找到自己愿意做又能做好的事儿,这是最幸运的",写作于您,就是这样的事情。但是,找到了,能否用一生精力去专注从事,也是很难说的。毕竟,人生路上致人转移、分神的诱惑会时不时冒出来,障在眼前。您是如何做到不去旁顾的?甚至后来您当了作协主席、文联副主席,也没有让您分心,降低自己的创作水准。

李佩甫:是啊,对于我的人生来说,我有幸找到了一支"笔",我得好好握住它。它对我来说,是一种修行。人生是一种自愉和娱人的过程,这是最重要的。我曾经给人说过,对于我来说,除了这支笔不能丢掉,其他的一切都可以放掉。

孔会侠:去年(2015年)九月,您的《生命册》获得了"茅盾文学奖",也算是文学对您心无旁骛、勤耕一生的报偿吧?现在返回头去看看,您的生命"来路"越来越清晰,有没有感觉一路上的许多际遇,现在看来都为后来的写作打下基础,成为您文学世界可以追溯的种种"前因"?回头看来,您有何感想?

李佩甫:我写作已经有三十八年时间了。在某种意义上说,写作已经成了我的一种生活方式。不管得不得奖,我都是要写的。这是我的日子。我最开始并不是为了获奖、出名而写作的。我是真心热爱文学,阴差阳错地走上了一条最适合我的人生道路。文学对我影响太大了,我正是在文字里找到了人生的方向和感觉。

孔会侠:获得"茅盾文学奖"后,您的生活和心情有什么变化吗?

李佩甫:应该说,获奖后,对一个阶段的生活多少是有一些影响的,也不过是采访多了些,但影响不大。对于我这个写作生涯已长达三十八年的人来说,写作已成为我的一种生活方式。无论能不能获奖,都是要写的。就心情来讲,有意无意地,相对要松弛了些。

中原文化是中华文明的根部

孔会侠:自从您将豫中平原这块"绵羊地"作为自己文学耕耘的领域,这片大地以及大地上的人们,就成了您至为关怀的叙述对象。就地理形态和位置而言,您觉得这块土地具有什么样的特征?

李佩甫:我是从《李氏家族》开始,对这块土地一次一次地再认识,不断发现新东西,不断扩而大之,我是通过很多年的努力才找到"平原"的。平原是我的故乡,也是我的"写作领地"。当然,从写作的意义上说,我笔下的"平原"已不是原有意义上的平原,它是一种反复思考后再现的过程。就具象来说,这是一块热土,一马平川,四季分明,可以说是个插根棍子就可以发芽的地方。中国的四条大河三条流经中原。当年历史上这是一块最好的地方,但是由于历年战乱,中原不断地被侵扰、占领,"逐鹿中原"就是最好的注解。政治文化对它的破坏、摧残,使它成为相对落后、不好的地方。其实当年这里是好地方,不然唐、宋不会都在这里建都,包括河洛文化、殷商文化等都在河南。整个中原你会发现很多优点,比如说郑州它虽然又乱又脏,但它是"中国十大最平安的地方"。没有地震,黄河泛滥也从来没有淹过郑州,都是从中牟往下走了。后来一次一次的破坏造成了这样的局面,我对这块土地有一种很复杂的情绪。

孔会侠:在中国文明史上,河南这块古老的土地是整个民族的文化根部所在,这是这块土地曾经的辉煌。但此后,这块土地的文化就没落下去了,您认为是什么原因呢?

李佩甫:不能说是"没落","没落"二字不能完全概括这个地域。从时间的概念上来说,盛衰都是有周期的。"野火烧不尽,春风吹又生"是这里的生存写照,也是生存底线。这里的生命状态是"败中求生、小中求活",这是历史原因造成的。但中原文化一直是中华文明的根部,它的包容性是世界上独一无二的。比如,在这个世界上,犹太民族是最难被同化的。可在河南的开封,宋代逃到开封的一支犹太人民族,就完完全全地汉化了。

孔会侠:您经常阅读地方志吗?许多河南人,在说起家族来历的时候,都从"山西省洪洞县大槐树"下开始,就像您在《李氏家族》中写的那样。河南,这个您说"插根筷子就能发芽"的地方,反而是荒无人烟,要靠大量移民来定居到各个县乡,为什么呢?

李佩甫:我经常看地方志,凡是能找到的我都认真地看。五千年的文明史,同时可能是五千年的锁链。看地方志时我发现,许多河南人的家谱上溯点确实是山西省洪洞县大槐树底下,时间是明朝。元朝末年的战争、干旱、蝗灾、瘟疫,使中原大地尸体遍野,几无人烟。没办法,明朝时,从洪武二年(1369年)到永乐五年(1407年),中央政府组织山西人移垦河南。我们这个民族,经历了许多苦难,中原文化它有个最下线,人们能够活下来有个底板,就是比较昂扬的四个字:生生不息。

孔会侠:那么,非常务实的中原人的精神世界,还有没有理想主义的栖身?

李佩甫:平原也有理想化的东西。比如一个地方有一个桥,本来没有这个桥,但是它有一景——高桥揽月。这个桥多高不知道,但与此相关有个民间故事,借此你可以看到平原人的想象,可以感受到平原人想象力的高度。一个小孩儿爬到桥上掏鸟蛋,但是没拿好,鸟蛋开始往下掉。这桥有多高?落地之前鸟蛋就开始孵化并完成破壳而飞。由此可见平原的想象力是极致的,也就是说这块土地上它还有一种想象力的高度。

孔会侠:您的作品我在心里默读的时候,用河南土话和用普通话的语调,味道很不一样。您文字里面有很多方言,通过语言的奥秘,进入对地域性生存态度、生存哲学的探究。我觉得非常有意思的是,人们一方面内里有一股特别昂扬或渴望昂扬的东西,一方面在现实生活中又显得特别小,为什么呢?

李佩甫:方言能体现出特定地域的生存哲学,是历史留在人生命中的生动记忆,与对历史的传承、对苦难的深刻认识都是有关系的。"败中求生、小中求活",这跟所处的地理环境、地理位置是有很大关系的。土地在自然界一代一代的传承,杀戮里的一代一代的政治变化对人无形囚禁。中原人有着天然的警惕性,这块土地连年被铁蹄践踏,草是一节一节地被割过后再生的一种状态。

孔会侠:平原上的村庄,几乎一模一样。平原人的脸庞,几乎一模一样。就连那远道逃难到开封的犹太人,现在也多"泯然众人"了。中国社会的"同化作用"太大了,您认为其中的原因是什么呢?

李佩甫:山里人靠山吃山,水边的人靠水吃水。但在平原,单个人、一颗脑袋是支不起天的。人走出来的时候,就会有无限的恐惧。天太大了,人很渺小,这里人的"屋"的意识尤其强烈,首先是盖一个屋,"藏",把自己藏起来,而后才是一个"活"字。"芸芸众生"用来描写平原人是最准确的。把自己"芸"在众里,好像就有了安全感。同质化是这里的生存哲学。听听,这里的民间絮语是"露头椽子先糟"。

孔会侠:大地上生长出的植物,都带有土壤元素的影响。而作家,也是大地上的植物,受养于大地,会不会也受限于大地的作用呢?就您看来,河南作家与其他地区的作家相比,有什么不同特征?

李佩甫:河南作家应该说是最接地气的。这里有一个最普通的道理,种什么收什么。河南人没浪漫主义,或者说极少有浪漫主义。河南人浪漫主义的想象极致就是"高桥揽月",比不得庄子的"扶摇直上九万里"。这是想象力的极限,我们是有限制的。我们只能往下走,走近土地,往上走是走不过人家的。但你热爱文学就好好写,可以将自己的水平发挥到极致,做到什么程度就是什么程度。别人的路是别人的,自己的路是自己的,但是你不要拿自己的路跟别人的路作比较。每个人都有自己的路,在自己的领域里耕耘,做到怎样就是怎样。你最熟悉的东西就是你的,别人夺不走。不要去别人的领域争,否则会很苦。写作是一个非常苦的差事,中间某一段苦可以,如果终身苦是受不了的。你必须在文字中产生自己的思想和快乐,这很重要。

孔会侠:很奇怪,再次读您的《羊的门》的开篇第一章,脑海里突然浮现出《诗经》的音律,而且盘旋不去。中原大地是曾经诞生《诗经》的地方,但《诗经》已经沉寂很久了,是什么让它流失在了历史长河?

李佩甫:从历史上看,是"杀气"。杀气泯灭了浪漫主义情怀。历年战乱,民不聊生,诗经被弥漫的血气冲走了。

我们必须有灯

孔会侠:1984年,您在第4期的《奔流》上发表了一篇小说《森林》,当时您在《创作谈》中这样写道:"我只是想描摹出三条有血性的硬汉子,三个在荒凉的山梁上创造着未来的拓荒者的内在情绪。"感觉从这个时候起,您就开始探索环境遭遇与人的精神世界的生成关系了。此后您小说中的许多人物,比如山根、杨如意、李金魁、冯家昌等,可以看作这三个农村青年形象的延续。1984年,您感到了什么?怎么想到去聚焦"年轻一代"的"内在情绪"了呢?

李佩甫:改革开放初期,我有一种很强烈的"唤醒意识",这与时代是同步的。改革开放,一地虫儿开始鸣叫,多好!于是就想唤醒这个民族有血性的东西。当时思考不是很成熟,朦朦胧胧的,有一种意识吧。

孔会侠:1987年,您在《莽原》第2期上发表了一篇纪实小说《女犯》,当时您去监狱做调查采访,感受如何?我注意到,在分开叙述各个人物时,您很注意生活经历中的种种人事对这些年轻女孩子造成的心性畸变和伤害,是不是那时您就开始关注对人心之病的探究了?您说"心理健康是最重要的健康",在您看来,健康的心理或精神是什么样的?

李佩甫:是的,我采访过一个女犯劳教所,那里关着许多女孩子。我在一个监管大队长的陪同下,与许多女子谈过话,重点让她们讲各自的经历。由此我发现,一个人的童年是至关重要的,一个人的童年会决定她的一生走向。谈话后我得出了一个共同的结论:这些女子大多有一个不幸的童年。就像是一粒种子,从幼芽开始,它就染上病了。这个病因潜伏在她们的身体里,到了一定的时候,它是一定会发作的。所以,心理健康是最重要的健康。心理疾病可以说是无药可救的。如果说治疗的话,唯一的方法就是读好书,读有品质的书,读能清洗病菌、扶助人们心理健康的书,而不是一般的说教。

孔会侠:1989 年,您发表了第二部长篇小说《金屋》,给我印象深刻的是杨如意的成长史,他是一个"带肚儿",在全村人"天生敌意"的欺侮中长大。还有《豌豆开花》中的王小丢,《乡村蒙太奇——一九九二》中的月琴……他们眼睛里都早早生出了"黑气"或"黑蚂蚁"。个人的世界观、价值观就在所遭遇的人事中渐渐扭曲,他们就这样在心头种下了"恶",您很注重挖掘生存环境对人的精神塑造,当时您是否会有些无奈、悲观?

李佩甫:从某种意义上说,仇恨也是一种营养液,或者叫作滋养源。尤其是对童年里备受欺辱的孩子。有时候,仇恨会产生巨大的动力,它给人的力量不亚于万吨水压机。给予永远是高高在上的,索取是卑下的。实际上,没有人愿意索取,谁不想高贵呀?问题是你能给什么。现在有一个新名词,叫"暗物质"。有时候,仇恨是看不见的,它也是一种"暗物质",作用极大。这是一种较为普遍的社会精神病相。写他们,也是期望能得到全社会的关注,期望着有一种疗救的可能。

孔会侠:作家的写作也是随着自我思想认识的变化而变化的,有时候感觉您的小说排放在一起,就像一级级向上的台阶,前面是后面的铺垫,后面是前面的升华。到了 1994 年,您超越出了"环境—人"的具象关系,思考切入了整个社会的精神生态。您和鲁枢元老师有一个对话,叫《关于文学与精神生态的对话》,您还记得吗?当时情景是怎样的?

李佩甫:还有印象,当时是在我家,我们谈得挺好,还是向阳做的记录。在精神生态方面,我一直期望着能种植一种声音,能对病态人生有一种疗救的可能。在一个多元化时期里,由于欲望的施放,人的病相是集中暴发的,而疗救的可能性又如此微弱。我曾经说过,贫穷对人的戕害超过了金钱对人的腐蚀,但贫穷的病因又是因金钱的腐蚀而发作的。这一点我们必须认识到。所以,物欲横流的时代也就成了精神疾病的高发期了。

孔会侠:1995年,写《城市白皮书》时,您以不可遏制、绝不宽容的笔调,对社会人心的种种病态用力扫射。好多种心理疾病啊,放眼望去,周围是形形色色的一个个"菌人"。当时您出于什么样的想法,急切而激愤地写了这本书?

李佩甫:在《城市白皮书》里,我集中写了各种各样的城市病相。我通过一个长在树叶上的小女孩眼睛,当然,这女孩的视角也是病态的,她所看到的,在钢筋水泥铸就的鸽子笼似的城市里,开始出现了各种病人,比如"塑料人""水泥人""钢笔人""半心人""口号人""乙肝人"……在城市的挤压下,这是一部城市病相报告。只可惜这本书出得早了,当时并未引起注意。不过,当年它还是获了人民文学出版社两年一度的优秀长篇小说奖。

孔会侠:1999年您写了《羊的门》。这部小说阅读的时候,我感觉寓意很深。我常常陷入悲哀,尤其是结尾"呼家堡传出一片震耳欲聋的狗咬声",这个结尾是最初就不由自主写出来的吗?

李佩甫:写《羊的门》时,最吃力的就是这个结尾。前边写得很顺,可以说是一蹴而就。就这个结尾,我修改了八次。每一次都不满意,直到找到这个"狗咬"。当时,我也不是有意写什么"奴性",只是想要这部作品的完整性。要把结尾提到与整部作品相当的一个高度。况且也不仅仅是奴性,其中有让人感觉温馨的部分,还有在这个特定的环境中,与根部密切关联的群体生命的悲凉。

孔会侠:2003年的《城的灯》是您思想的又一个节点,您想写写救赎。这部小说的前半部很实,后半部很虚,您逐渐"神化"了刘汉香,直至把她写成了中原上的一个"现代传说"。当时您是怎么想的?

李佩甫:这部作品是写"灯"的。我认为对一个民族来说,是需要"灯"的。况且,在历史的长河中,我们这个民族一直是有"灯"的,在每一个节点上,都会看到亮光。由此来说,我们这个民族,不论前景如何,一直是有"标尺"的。我们当然知道上限在哪里,古人语"虽不能至,心向往之"就是这个意思。在任何一个时代,在最危难的时刻,都会跳出一两个血分子,它的搅动就成了一个民族一次次生生不息的动力。从这个意义上说,我认为希望是大于失望的。

孔会侠:《生命册》是您写得最努力的一部书了,您努力突破原有认识,努力调整叙述心态,努力避开人物和情节上的重复。时隔一二十年,继续在大地上行走,心里是不是依旧沉甸甸的?无梁村的人们仍旧那样,并不健康、丰实。但是您再看待这些、叙述这些的时候,主体心态发生了很大变化,为什么?

李佩甫:写《生命册》我动用了五十年的储备。我写人与土地的关系,写土壤与植物和人的关系,这部作品可以说是一个总结。土壤在破坏中改良,又在改良中破坏,不能单一地用好与坏的标准衡量。我说过,过程是不可超越的。我们仍然行进在过程之中。历史地看,每一次前进都是后退,而每一次后退都很难说不是进步。我们再一次地认识自己,认识生养我们的土地,看一看我们走过的路,也许我们会走得更好一些。

孔会侠:追溯历史,立足当下,写给未来,我感到这是您文字世界的主动担负。十八年前您希望自己的文字是"达成精神空间的渡桥或者阶梯";十八年后,在《文学的标尺》中,您依然认定文学是"国民精神生活的标尺",为什么这么强调?

李佩甫:这跟写作观念有关。我一直认为,好的文学作品是一个民族的精神标尺,它是导向,我们必须有灯。

情感是写作的灵魂

孔会侠：写了几十年，您觉得写作中最重要的一点是什么？

李佩甫：情感是写作的灵魂，作家情感的真诚度对作品质量有很大影响。作家写到一定程度，很多东西会看得很清楚，藏是藏不住的，一点小心机在文字里是很容易被内行人一眼看出的。文字是骗不了人的，初写不显，即使编造也可以蒙混过关，但一旦进入文学深处你就无处可藏。你的心性、你的小伎俩会在文字中一览无余，不能有偷工减料的心理，文字这东西一旦下去就很难再上来。要咬住、坚持住，每次写作我都要重新开始。文学不是可以经营的。尽管文学场有了些变化，商业、政治的某些东西对文学场有污染，但真正意义上的文学仍然是相对纯粹的。谁也掌控不了这个世界，在大时间的概念中，一切计算都是不起作用的。

孔会侠：您经常强调"找到自己的领地"，但你们那代作家基本上是把以家乡为中心的地域作为自己的领地，而现在的作家已经几乎没有这种可能。那么，划分"自己的领地"还是必要的事情吗？有没有什么变化？

李佩甫：每个作家都有自己最熟悉的领域，不管是何种领域，哪怕是只写一个人的内心，只要是你最熟悉的，都可以左右逢源，得心应手。反之，你会捉襟见肘，寸步难行。

孔会侠：尽管你们这代作家完整经历了新中国成立以来的各个阶段，生活经验很丰富，但也有经验透支的时候吧？这种情况下要怎么办呢？

李佩甫：有。有时一部长篇就透支完了，要自动下去搜集一些新的生活体验，转转走走，会有些新信息进入，认识也在不断变化中。我是不断地阅读这块土地，不断阅读、回视，每次都有新的发现。而且，每个生命状态都不是一成不变的。社会在变，人也在变，认识也会发生变化的。

孔会侠：可有时候作品里还会有一些重复性细节。

李佩甫：就是害怕重复，最惧怕的就是文字的重复、感觉的重复。比如说《生命册》，我就花了很大劲儿去避开重复，但是有个别细节稍不注意就滑过去了。因为在记忆中，思考会固化，走出是很难的。所以，敢称之为创作的，每一次都应该是重新开始。

孔会侠：您写作进入状态时应该是情绪化的吧？我总觉得您是写着写着，那股劲儿就出来了。

李佩甫：我有时坐那儿把十天半月、一个月写出来的全都撕掉，没有情绪，没有感觉，想得很好却不能写。很奇怪，有时情绪很好却没法写，有时不需要构思就能写出东西，几乎就没有设计。尤其是《城市白皮书》，没有构思就开始写了，就是靠情绪，甚至没有搭架子，写着写着架子就出来了。甚至，里面的人物也是写着写着自己就跳出来了，慢慢地，他自己成了一个主要人物。但更多的时候，我会一直积累很长时间，把脑海中能聚集的东西不断聚集到一定程度，直到把一个人物的发展主线琢磨得清清楚楚。最重要的是第一句话，因为第一句话对我来说是一锤定音的，对通篇的走向、语言的基调起着至关重要的作用，领导着作品往哪个方向前进。

孔会侠：写作跟个性也有关系，您个性中偏被动和拘谨的一面，对您的创作有限制吗？

李佩甫：还是有限制的。不过，限制不限制也无所谓了，摆脱不了。我的一辈子已经这样了。你们年轻，还好，所以你们要好好走，做一件事就好好做，在自己的领域内，在自己愿意做喜欢做的领域内，做自己可以做的，并做到最好，这样就会很快乐。文字创作还需要浓缩、提炼、浸泡，就跟发豆芽一样。你要清楚，想当一个好的作家必须有自己的领域，并对这个领域研究透彻。你们比我们强，我们一开始什么都不知道，是摸着走的。你们现在都知道自己能在哪个领域走，可以走到什么程度。所以说"站在巨人肩膀上"就是这样，可以少走很多弯路。

孔会侠：1999年，在河南新乡，我们省第一次召开以"中原突破"为主题的长篇小说研讨会;2011年,我们又在郑州召开了规模挺大的"坚守与突破——中原作家群论坛"。这也反映出一个问题:河南文学的发展进入一个迟滞期,大家都明白创新很重要,但实现创新却很困难。如何实现创新呢?

李佩甫:现在是多元化时期,甚至可以说是一个生活比文学更丰富的时期,也是一个全民写作时期,谁都可以在网上发表自己的阅历、见解、生活体验,文字多得已经泛滥了。但真正意义上的文学是有标尺的,不是一般意义上的倾吐,当然倾吐也是必要的。文学的标尺是民族精神的上限,也是民族自我认知的上限。那是考量民族智慧、民族情感、民族想象力极限的表达。在这个意义上,对于河南文学来说,"坚守"和"创新"仍然非常重要。在写作中,语言、思想、结构,任何一个方面能实现创新都很好,但确实有难度。现在,作家跟生活中的痛苦的距离有些遥远,生活素材是基本来源于网络的二手经验,不是生命体验感受的再认识。认识很重要。作家的姿态要低,也许才能冲得很高。

孔会侠:您是一个比较低调的人,很少见您接受采访。很多读者知道您的作品,但是对您的生活却了解较少。可以谈谈您现在的生活吗?

李佩甫:我年已花甲,也算是风轻云淡,过的是一种家常的百姓日子。跟所有的人一样。年轻的时候,文学对于我来说,是一种精神追求,现在成了我日常生活的一部分。

孔会侠:谢谢您向我们敞开心扉,聊了这么多。最后两个话题,现在您正在写的是什么?对于未来,您有何打算?

李佩甫:我说过,"平原"是我的写作方向,我仍是在"平原"上耕耘。我也一直在写"土地与植物"的关系,我会一直写下去。

第三辑

猜想一首诗的写作过程

两个小时的时间,看完了光哲翻译、商务印书馆出版的《观看的技艺:里尔克论塞尚书信选》。这本薄书字数非常少,相当于两篇稍长论文的量,排版特别疏朗,还附有多幅画作,真是次畅快的阅读体验。

有趣的是,读完后,脑海里就浮现出里尔克的名诗——《豹》。明明《豹》是里尔克早期的诗作,写于1903年,而他论塞尚的信写于1907年。可是,我还是感觉,从这信里,可以还原出《豹》的写作过程。

最早读里尔克的诗,是叹服于《豹》和《沉重的时刻》。此后,断断续续地读了他其余的诗作、书信等。

《豹》是里尔克用诗句凿刻出的雕像,表达了生命自由这一根本丧失了的悲剧,笼罩性极其大:

它的目光被那走不完的铁栏杆
缠得这般疲倦,什么也不能收留。
它好像只有千条的铁栏杆,
千条的铁栏后便没有宇宙。
强韧的脚步迈着柔软的步容,
步容在这极小的圈中旋转,
仿佛力之舞围绕这一个中心,
在中心,一个伟大的意志昏眩。
只有时眼帘无声地撩起。
于是有一幅图像浸入,
通过四肢紧张的静寂,
在心中化为乌有。

谁都见过被关的野兽,郑州动物园里那不停转圈的狼和懒卧着、再大的喧闹也不抬下眼皮的老虎,让谁都有过心头刹那间的一惊、一灰,然后,随着脚步转移到水边,那感觉又瞬间消散了。

我们走马观花地看,漫不经心地感,让太多经历都犹如未曾发生。

可是,里尔克在我们司空见惯的画面里写出了《豹》。

这样的诗句,一定首先来自"久久的凝视"。(这里还有一个小插曲:1902年,里尔克受出版社之约,赴巴黎采访罗丹。1905年,他受罗丹之邀,很短暂地,做了罗丹的秘书。这于他创作的影响,暂不论。)"久久的凝视",是什么样的呢?里尔克能"三只小鹿,看一上午",也能"整个上午我都在植物园,看瞪羚",看"它们,一边休憩,一边反刍,并凝望着"。

"久久"跟耐性有关系,能"久久",眼睛就不再是主角了,是敞开的心神之"思",在源源不断地渴望着、捕捉着。"久久的凝视",终会产生从现象到精神的感受吧?里尔克"看一棵石榴,目感其沉甸甸的重量,金色的果皮,热烈诚挚的红中,体验它的辉煌、尊贵"。

"看即是思。他被观看所带着,走向更远,走向万物,且穿透万物——大大小小的一切。"

就这样,通过眼睛的摄入,心神孜孜不倦地与那进来的信息交相呼应,热烈私语,真是"嘈嘈切切错杂弹,大珠小珠落玉盘"啊!一时难以理清。

然后就是等待。"一切之中,我愿意作那最耐心的等待。"等待,并不茫然、懒散,任由情绪和思索随意地潮起潮落,而是"得对自己任务的本质有一个更清晰的省察,切切实实地抓住它,在千万个细节中看清它"。

不容易抓住,怎么办呢?那就清理、腾空,不让过往的感知和经验成为自己再认识的障碍,让自己"如人类最初的先民那样",一字一句地去领受这信息的提点,细而又细地,紧张地,关注到所有的细节。谁知道呢,不一定哪一个细节会是攀上去的梯绳。关于这豹子,动物园的栏杆要细细领受,它那一转头要细细领受,它沉厚的静与默更要细细地领受……或者,不是领受,而是——领教。

等心神读懂了眼前事物的所有含义,并融入自己的经验来理解,那超越于"它"、深隐在生命底部的秘密,就会渐渐浮上来、显出真容了吧?

"凭借其对外物的独特体验,让物生成,并真切,提升现实,乃至于不灭之境"是写作途中最坚硬的考验了。

这一关的过与不过,基本决定了这文字境界的层级。

然后,是这最后的行之于文。当然,也不是件容易的事儿。思的到,不代表到;文字的到,才是力证。

文字,怎么样才能到呢?

里尔克再三诚恳地赞扬塞尚专注的劳作,"就那样,他站着,一笔一笔画着,那是他唯一能做的"。这不是舞文弄墨的才华和能力,只是态度。可能,在里尔克这里,文字"到"的重要获取方法是劳作态度。

然后,是情绪状态。一个厨师,所有的食材都一样,就连摆在桌子上的位置都一样,可是,就因为他颠起锅时的心绪不同,做出来的菜,就有分别了。可能,大多数口味粗糙的食客吃不出来,但在美食家那里,应是瞒不过去的。重要的是,在自己这里,瞒不过去。

《豹》这样的诗句,情绪是在"时间、沉着、耐性""全都集齐了"之后开笔的。开笔后,他"咽下自己对每一个苹果的爱,将它永远留在画出来的苹果里",一字一句地,他刻出节制而简练的诗行,让这起于一个凝聚小点的情思,辐射成牵系天地万物的精神,也让"豹"不仅是"豹",而是动物园里的所有动物,是悠悠历史时空里的每个人,是每一个在世间存在的生命之"生"。

如果,如上的猜想不算生硬的话,那就说明,看塞尚画作滔滔不绝,好像有抒发不完的感想的里尔克,借着塞尚,明白了自己,他说的,也是自己。

遇见什么,心神一动,追随流连、长久耽溺而痴醉不减,很多时候,除对象本身的魅力外,更主要的原因是,自己因之被激发的那个自己,更是自己。流连、耽溺,其实是自己在越来越明确而强烈地渴望着茁壮生长。

"学而时习之,不亦说乎"

　　一座高峻的山里,庞大而逼仄的人群,如蚁排衙般布陈在不同的层级。待在某一个层级上的人,往下看,就同如来佛看孙悟空,怎么上蹿下跳也逃不出那不用圆睁就看得清清楚楚的法眼;往上看,就似眺望"山外青山"的世界,影影绰绰,无论怎么想象也难见其实。

　　"学"就变得很重要。

　　"学"是《论语》所有内容的基点,从这里出发,一切才有可能。

　　"学然后知不足"是一个重要界碑,但不足,也会是下一段路上最坚硬的绊脚石。

　　向内探察,知不足在哪里,便不会盲目地夜郎自大,浅薄地以轻易发现别人的缺点和局限为自己的智慧。

　　知"不足"就是面对了自己"外面或里面"的、"摆着解决不了的问题"。

　　"学而时习之",这话说起来简单,可是要真的日复一日、年复一年地落实,"如切如磋如琢如磨",擦出自己皮肉的疼痛,迸出铁杵互碰时的火星来,当是一番煎熬的过程吧。

　　没经历这一过程时,会不会觉得艰难,望而生畏?真踏上了,慢悠悠踩实了走,像初中生的每日功课般,会是什么样呢?

　　张新颖老师有篇短文,《如果可能我愿意是个随笔作家》,谈了他写随笔的初衷:

　　我有那么多的不足,我得通过一点一点地写,探触限制我的边界在哪里;我得通过一次一次地探触,试着加把劲,把这个边界往外推,能推出一点点,就扩大了一点点。

　　……

读者多喜欢游刃有余的文章,但对于我这样一个自私的作者来说,我更看重写作中的捉襟见肘,这是重要的提示,清楚地标出了自己这方面那方面——知识的、情感的、想象的、表达的,等等——的欠缺。我常常把自己推到这样窘迫的境地。这样才可能——虽然也不是一定就能够——把自己慢慢变得丰富一点、宽裕一点、从容一点。当然,有时候也不免虚荣,会用文字掩饰自己的窘迫,即便这个时候,心里还是清楚的。

这是他文字的"修辞立其诚"。他相信,"这个诚,会让自己大大受益"。

梁漱溟1928年在广州中山大学做讲演时说:"学问之进,不独见解有进境,逐有修正,逐有锻炼,而心思头脑亦锻炼得精密了,心气态度亦锻炼得谦虚了。而每度头脑态度之锻炼又皆还而于其见解之长进有至大关系。"

"时习"就是"把自己慢慢变得丰富一点、宽裕一点、从容一点",也是"逐有修正,逐有锻炼",然后,自然而然就来了"悦"。领略过精神充盈、灵魂欢喜的人,会知道这时刻有多好,"手之舞之足之蹈之"不能表达出一二。

虽然,"盖学至于高明之域,诚不能不赖有高明之资",在人群的层级上,有些阶可以靠努力爬上去,有些绝对是天梯,"心有余而力不足",但是,从山脚下爬到半山腰,也是有了见识半山腰风光的时机了。不能"适千里"就"适百里",比"莽苍"时有进,时间就没虚耗,不是吗?

有时候,人以静养;有时候,人以动养。不断地尝试着去"适",就有东西在扩大,有东西在缩小。心力贯注于事中,"再无什么事纠缠你,使你困于碎屑,使你犹豫忧闷,你自然而然,从内里生出力量来"。

梁漱溟在1948年写给儿子的信里,将自己的经验倾囊相授,"学而时习"时,要"此时只见问题,不见其他,专心致志,坐卧不离"。还将自己的步法细细道来,"精神有所归,生活有重心,一根脊梁竖立起来,两脚踏在地上,眼光放远,而起脚不妨自近处起脚,胸怀胆量放大,而做事亦不忽略碎细,心里绝不焦急。但心思亦不旁骛"。于是,他目力真切所及了——"于是在学习上自然滴滴归根,一切见闻知识都归到这里,不知不觉系统化、深邃化。"这是"学"之上景。

"我叩其两端而竭焉"

张新颖老师曾写了本有趣的小书——《读书这么好的事儿》，像是给想进读书之门的人缝了个锦囊。其中有篇《起死回生的一骂》，讲了件熊十力骂徐复观的旧事：

徐复观欲求教于熊十力，熊十力让他去读《读通鉴论》。交流时，"徐复观觉得自己读得很认真很仔细，不免有些得意，说，书里有很多他不同意的地方，接着一条一条地说起来"。熊十力没听完就"怒声斥骂起来"："你这个东西，怎么会读得进书?！像你这样读书，就是读了百部千部，你会得到书的什么益处？读书是先要看出它的好处，再批评它的坏处，就像吃东西一样，经过消化而摄取了营养。"

我仿若被当头棒喝。原来，在求知的路上，虚心才是妙计。

可是，这不是小学一年级老师就灌输进头脑的吗？"虚心使人进步，骄傲使人落后。"是个认字的，谁不知道呢？

问题是，小学生像张白纸，什么都不懂，自然而然就怀着颗真诚而强烈的渴望之虚心，纯粹向学，专致向好。

可是，读过一些书，写过一些文章，说过一些观点，再受些或大圈或小圈人群的客套或捧赞后，这颗"成心"再想经常保持澄阔的虚，可能就不那么容易了。

当然，凡事皆因人而异。

曾眼见，已知和已有，在有些人那里，是一层一层的阶梯，导引着渐渐上出。也曾眼见，在有些人那里，是一团一团的茅草，堵塞得越来越满。

人认识世界，其实就是接受、感应、判断万物信息的过程。

《大学》里有句话，可谓尽人皆知："致知在格物，物格而后知至。"很奇怪，理解这句话的时候，我眼前必定是一面巨大的木头架子,上面有许许多多的格,格子里放着许许多多的物品,而我,站在旁边,看来看去。有些物品在很高的地方,我只能瞥见点模糊影子,茫然无知地什么都说不上来;有些物品在目力所及处,且是近处,伸手就可以摸到,拿下来,翻来覆去细细瞅,这物的样子就了然于胸了。装物品的格子上层是什么,下层是什么,左边放哪类,右边放哪类,不是随意的,其中有深刻细致的衡量和分辨。可是,谁如果拿一件过来,我能否将它大致准确地归到它应该的位置,很难说。

脑子里有没有个格物框架?多大尺寸?格子间得合适不?

格物的困难,就是认识的困难。物格不对,就会出现将鱼目愚捧为珠、将珠错扔进鱼目的时候。

认识是写作的核心力。

认识这么关键,如何认识就是必须慎重的事情了。

想起来《论语》里的两句话。一句是:"攻乎异端,斯害也已!"认识能力够不够先不管,熊十力骂的是态度。先去去轻易说某人、某物、某作品不足的轻薄。另一句是:"吾有知乎哉?无知也。有鄙夫问于我,空空如也。我叩其两端而竭焉。"然后认认真真,上下求索,左右探勘,表里察究,对事物有个整体性的透彻了解。

可是有时候,认识的难,主体无论怎样竭力也克服不了。

事物有它自身构成元素所决定的物性,这物性对认识他的人,也有严格的、一条一条的客观要求。人也是由不同元素奇妙组合起来的物体,构成材料不一样、组合方式不一样的人,各有千秋。

"承认是门很深的学问。"我们老家人,明白自己也明白别人的时候,常甩出挂在嘴边的那句判词:"知道你吃几个馍喝几碗汤。"

"吃几个""喝几碗",这是没办法的事情,和"怪力乱神"一样,孔子不论。他论的是"我叩其两端而竭焉",并在另一个场合再次强调"不怨天,不尤人,下学而上达"。他对"生"如此尽心尽力,可谓深智。

瞻 之 在 前

一段时间以来,愈发感到自己的无知,像秋风中的白色塑料袋,刺啦啦来回震响,在雾霾样不清晰的心空。

那个学位上的"博",成了讽刺的隐语,刻出皮肉的刺痛。

掰着指头认真算,读书的年份也不少了,怎么还对有些话题闻所未闻、对有些常识知之甚少,在与人交流的时候要虚矫强装下有所晓得?怎么在构思时有强烈感觉扼住了蛇之七寸的时刻,却陷于茫然,不知如何提溜起来、精准处理?怎么让经不起推敲的、东南西北的观点和言论,也曾经顺畅地浸入过自己的头脑,没有及时辨析和清理?……

甚至,小时候就知道的某些经典,也列属未知行列。浅尝辄止的早期翻阅,很快在当时就"水过地皮干",没有渗透进根系的毛孔,生长过程的迟滞不景气,当是必然的了。

事理的不透再一再二,人心的不识再三再四。回首看,绵延在生命线上的浑然蒙昧,那么长……

渴望学习,自觉张开所有的毛孔,在分明意识到这些的——四十岁以后。

好在,来自别人的光可以照耀自己;好在,这世界,像不缺少黑暗一样,不缺少光亮。

光,从某些通道而来,让昏昧的区域变得明亮。通道有许多,长者的指点教诲、万物的春荣秋枯、人群的眉眼言行、书中的智慧灵魂……

通道处处在,时时在。通道的门是敞开的,却像是暗隐着,难被发现和进入,迎面而来或擦肩而过的人,眼睛里像是被障蔽了,看不见那暗隐着的大门。

我大概就是这样一个瞽者。

时时庆幸,命运还是埋伏了一些机缘,在回头反思的过程中,能捡拾出些对症的剂方,可以反复比照着来抓药、服药,暂疗些困病,复萌些生命元气。

遇见这些机缘,我将察望、揣悟、反汲,在可能的渐渐丰富里,若能减小些无知的版图、消浅些浑茫的浓度,当是余生充实而愉悦之事了。

这些机缘里,有一个是《论语》。

师范毕业的第一年,惶恐而不安分的心,曾像牢牢抱住不甘放弃的远梦一样,迷茫而固执地每天早上坚持读背《论语》。两个月后,我如掰玉米的小猴子样丢了西瓜,去捡汪国真的芝麻,又是两个月……

去年,我忽然从书架上翻出缺了前后封皮、纸边卷得像男士短烫发的《论语》,忍不住翻了翻,页空白处密密麻麻的读后感,让我颇觉陌生,好像从没读过、没写过。不甘于《论语》与自己毫无关系的感觉,我慢慢地读出声来,两章后,心灵好像沐浴在新颖而明亮的阳光里,感受到充沛而暖热的照彻。

那应该就是向日葵不舍追寻的原因了。

《论语·子罕篇》里,有人问颜回如何看自己的老师,他说:"仰之弥高,钻之弥坚。瞻之在前,忽焉其后。"

好吧,那就恭敬地"瞻之在前","仰之""钻之"吧!也许,在茶余饭后的言行中、在一念一想的流转里,能有幸感到些近在身旁的"忽焉其后"呢!

这是什么样的眼神？

在李健的歌中，最喜欢的是那首《风吹黄昏》。喜欢的原因，不在旋律，在歌词。确切说，是歌词所显示出的——静穆中深情凝望、久久流连的眼神。

在黄昏街头
我常看到他
一个苍老的人
他走走停停
又自言自语
失落的人
有人说他在
等他的爱人
可他孤独多年
有人说他在
找他的孩子
找了许多年
谁知道　他是谁
谁知道　他找谁

又是个黄昏
凛冽的寒风
人们赶路匆匆
我又看到他
更苍老
像风中枯树

他跟随人群
像孩子一样
摇摇晃晃
随后慢下来
向前方张望
神色慌张
谁知道　他是谁
谁知道　他去向哪里
突然间狂风呼啸
一眨眼
就空空荡荡

这眼神,定在了凡如尘埃的陌生流浪老人身上,把他印成了心头的一幅生命剪影。而同时,还有许许多多人经过了他,没留意过他。

而作者过目后再也难忘,无数次不由自主地记起,在老人离开后的"空空荡荡"里,又无数次情不自禁地想象:他是谁?他找谁?他去向哪里……

沈从文也有这样的眼神。他曾写过这样两段文字:

三三,我纵有笔有照相器,这里的一切颜色,一切声音,以至于由于水面的静穆所显出的调子,如何能够一下子全部捉来让你望到这一切,听到这一切,且计算着一切,我叹息了。我感到生存或生命了。

——《湘行书简·过新田湾》

户外看长脚蜘蛛于仙人掌篱笆间往来结网,捕捉蝇蛾,辛苦经营,不惮烦劳,还装饰那个彩色斑驳的身体,吸引异性,可见出简单生命求生的庄严与巧慧。

——《黑魇》

这是什么样的眼神,竟这样敏感?就那么轻轻一看,被看者的生命气息就萦绕在他心里了。好像一汪清净的水,小小一片枯叶,都能荡起一圈圈涟漪。

这是什么样的心,竟这样善柔?一个流浪老人的神色慌张,一只长脚蜘蛛的往来结网,就被抒写成如此多情的文字。好像生命与生命之间毫无距离,无时无刻在"以息相吹"。

是的,李健和沈从文的文字明确提示:在物我相通后的洽融里,流浪老人和长脚蜘蛛的生命信息,汩汩灌注进这主体的精神,丰润它、明澈它、涵养它。

这样的眼神和心,不只属于他们,还属于过萧红、李娟等。当然,也属于我们,起码,曾经属于过我们。

小时候,与伙伴们一起捉过蜘蛛,追过蝴蝶,害怕过豆叶上肥软的大青虫,还爬到树上看绒毛稀少露着粉红皮肉的麻雀雏鸟⋯⋯

谁没这样过?

可是,随着与日俱增的年龄、自私和精明,怎么就越来越看不见了呢?它们,从我们的生活里消失了?还是,它们没有消失,而是我们的视线不再留意它们了?

是的,动植物的世界版图确实缩小得厉害。人的世界越来越庞大拥挤,但人怎么经常地"看不见"人了呢?抽泣和欢笑,明明就在眼前⋯⋯

越来越钟情于李健、沈从文的这类文字,或许有人会讪笑这不够深刻有力,但这样的眼神里,有我心仪的"少年气",饱满而生动,不麻木、善感、真实、蓬勃,即便摸爬滚打着满身尘埃,仍少世故、有信、有愿、向上,对世界的好奇与爱仍如十六岁时的情窦初开,青草一样清新、阳光一样温暖、树一样笃静、飞鸟一样渴望独立而自由地飞翔。

"让自己灵魂深处的声音静默下来"

这篇文章的许多文字，其实是前段时间关于《尽头》阅读笔记的个别摘录，在此重复，有立此为证、用以自勉之意。

年岁愈大，愈感到身体里有个自己时常瞪圆了双眼，紧盯着每天时光的如何度过。这逃不脱的、来自生命内部的压迫，和回首时的愧怍，竟渐渐逼促出对她的服从来。

是啊，曾手握了一大把一大把的日子，回忆时却可以一笔带过，那"辽阔的逝去时光"像河滩上无垠的大地，饱蕴生机地横躺在阳光下，生气勃勃，只有高高低低的杂草在肆意蔓延。

那时，"一个不自觉而驰骛飞扬"的"我"，浑然不觉光阴的意义。所以，现在该"回头建立一个比较正确的基本时间图像"了吧？从此引以为戒，力克不良习气再来作祟，尽量做个踏实惜时的人。起码，"去除掉这种种不好的气味，卖弄机智的气味、自鸣得意的气味、一心想吓唬人的气味云云。在一个个人认真搏斗的领域里，机智从来都只是个小角色，能做的事并没那么多"。

一个普通人，没什么高大上的事情可做，做的全是一日日一月月一年年连绵不断的琐务。做饭、接送孩子、侍奉父母，有多出来的时间，能看点书、写点小文章，就很好了。

但是，若想写好小文章也很难。大多数的写作，是表达对世事人心的认识，说起来简单，叙述到位着实不易。事物和事情，尽管多元复杂，但其实都有关键点。所以，"书写必须不断写中核心，像更多的针尖一连串地刺中要害——准确，是一切书写的根本要求，基本上来自书写者的认识能耐、专注不失和追究到底，是另一种必要能力，和文字是长是短没关系"。准确的叙述来源于准确的、一枪挑中核心的认识。

核心本质,最要害的东西,常常是深裹内藏的。它不在表面,不在众声喧哗的人云亦云中,甚至,也不在社会进程的大势所趋里。

福尔摩斯有句话,被唐诺在文字和访谈中多次引用,可见这话证明力的恰切和强大:"奇怪的不是为什么深夜传来狗吠,真正奇怪的是狗为什么没有叫。"

狗为什么没有叫?狗对危险的失察,大多因为它的嘴被一块骨头塞住了,它的鼻子被一股肉香迷糊了。人类以此种小小的狡猾,轻松地欺瞒了它。我们生活中,也有许多人说出的话不过是幌人的面具,作用是掩饰相反的真实思想和态度。有时,装饰自己是为了实现某些意图;有时,他们清醒地揣着明白装糊涂,是在享受自己有能耐察觉的聪明,连带着享受下旁观不明白者上当被捉弄的快感——这可鄙的看笑话心理,这人性中恶劣的幸灾乐祸。更可怕的是,某些私欲昂扬的贪婪者,还能"利用这个社会的执迷",来"想出各种有利于己的诡计"……

书写者想"蛇打七寸",是件挺困难的活儿,需要眼力好、技术好、有胆气。但书写者多有致命局限,掐七寸捏住了尾巴是常有的,这不要紧,管他呢,选择了做就尽力做。乔伊斯那句发自肺腑的老实话,还是值得细细听进耳朵里的:"以我所拥有的三件武器,沉默平静、离乡背井和严谨细致去创作。"

一切可能,都存在于实践之中。就像唐诺说的:"只有在日复一日专注如只此一途的实践中才(被迫)有所发现,或者说有所发明。我自己称此为希望,一处一处具体的、确确实实的希望。"

希望,无论大小,无论哪方面,明天雾霾少点、太阳暖和点、上课预习学生认真点……都是生命中最美好的东西。

"让自己灵魂深处的声音静默下来",去倾听,去践行。然后,无逸,无待。

让文字更近梦一些
——阅读唐诺的一点感想

文字作为意义序列的组合,是用来干什么的?传达信息、记录事实、表达情感外,还有人心向理想处的引颈张望吧?

孔子在中原几国间,辗转流离不得志,喟叹完"逝者如斯夫!不舍昼夜",他反身回鲁,将外求的心收回,专注写《春秋》,继续表达他对世界不渝的深爱,将谏言寄寓在微小的、不被体会的细节里,有些冒险地(好像也别无选择)将照见与更正的希望,也寄藏其中。

文字,在这里是什么?

唐诺的《眼前》里有这样一段话:"《春秋》呈现的最终图像……是一个(孔子以为)这样'才都正确'的世界,人都回到对的位置,做对的事,并且对于所有人无可抗拒的灾变和命运袭击,都做出对的回应和选择;把一个正确的世界版本,叠放在歪七扭八的现实世界之上留给后人,他们会需要这个。"

经过无数次世道人心的观察,无数次理想社会的构想后,他心里早就有了一个"应然世界"的图像,在人们"实然世界"的另一端。

文字在那时就像是艘船,或者是"一条不能言喻的系绳"了。那肯出力气一下下划桨的人,那耐下性子一寸寸结绳的人,定是痴人。

痴人可能不善于生存(准确说是有更牵肠挂肚的念想,无法把心思集中在谋生存上),他们更善于说梦。说起梦话,沉默者也会滔滔不绝,妙语像叮叮当当落玉盘的珠子,神色会异常生动,甚至有点绯红。

要不要说梦?小说作者的文字,要不要更近梦一些?

长久以来,我难以摆脱对看小说的疲惧(包括对颁奖词或推荐语),一大堆现实生活细节的累积,一长串大同小异围绕反映现实或时代的如何如何,有时我会生出疑问:自己已挣扎在现实的泥沼里,耳闻的喧嚣、目睹的焦虑、偶然感到的温暖微光……我还有多大的意愿,和它们再相逢在夜深人静的阅读里?真相遇了,除了共感重温,我还想要些别的什么?

孤独时、无所事事时、悄悄难过时,我会想起童年。那明亮的、快乐的、美好的时光早已从我的生活里逝去了。可是,我忍不住反复回忆:在公交车的窗口,在突然间的出神,在那个"就比如我是医生你来打针了"的童声里……

童年,早已经一去不回,是尘梦了。可是我那么愿意一遍遍寻找它,像一个孩子寻找母亲,渴望它的拥抱、微笑和轻轻的抚拍,渴望它夜晚明亮的月光和树影摇曳的开阔空麦场,渴望再次自由奔跑着跳山羊……

写作,除反映、揭示、批判,"加挂上某个重物"以显出分量外,是不是也可以"一路叫醒现实里殒没的东西"(包括历史长河里殒没的),和无聊的现实人生脱离些,轻灵地往清风明月处去些?往人心简单朴素的地方去些?给读者显现些心向往之的"应然世界"的眉眼?

事实上,"实然世界"容易表现,"应然世界"很困难。

在当前语境下,描述、架构一个"应然世界"的模糊轮廓,需要综合素养和能力,还需要信念。而"信念,是长时间堆叠生成并且长时间持有的东西,它是实实在在的,是有来历有深沉道理的……信念其实是个包裹状的一堆东西,由我们一系列的知识、经验和理解以某种难以说清的浑然方式构成。"

世界文学从 19 世纪向 20 世纪的过渡,是现实主义向现代主义的转变。事实上,这转变,对作家提出了不同以往的严苛要求(也是根本要求):思想力。思想力,是当前作家的硬核。作家间的优劣高下,是由是否具有思想力决定的。而思想力跟素养、能力、信念有紧密关系,其主要构成是文化。

少年锦时

黑塞有一首很著名的诗歌——《致少年时代的肖像》：
自渺渺的既往，我年轻的
肖像把我凝睇，它问：
昔日的焕发容光，
有几分残辉犹存？

追抚昔日之我，
生命之路曾贻我多少痛苦，
多少冥冥长夜，多少颠沛流离，
我实不敢重履斯途。

然而我一怀忠贞把它走过，
它的记忆我弥感珍贵。
任是挫折连连、失着屡屡，
我却从不追悔。

当生命来到了耄耋之年，黑塞，这个常常自省的人，再次来到少年时的自己的镜像前，回望一路跋涉的漫长人生，感慨着，骄傲着。这一路，实在艰辛。"多少痛苦，多少冥冥长夜，多少颠沛流离"，以致他"不敢重履"。可最终，他对自己很满意。有几个人，在年迈时总清算的那刻，能"从不追悔"，欣慰安然？

将少年时代的肖像揣在怀中，时时拿出来端详，以省察，以勉励，这对行路中的人们确实很重要。每个人的少年肖像里，保存了他最美丽动人的容颜。此时，他褪去了些童年期的无知愚稚，却还没沾上社会染缸中的各类杂色，实在是人生最灿烂的岁月，其华灼灼。

那状态,就像余华《十八岁出门远行》里写的:

柏油马路起伏不止,马路像是贴在海浪上。我走在这条山区公路上,我像一条船。

这年我十八岁,我下巴上那几根黄色的胡须迎风飘飘,那是第一批来这里定居的胡须,所以我格外珍重它们。我在这条路上走了整整一天,已经看了很多山和很多云。所有的山所有的云,都让我联想起了熟悉的人。我就朝着它们呼唤他们的绰号。所以尽管走了一天,可我一点也不累。

这就是少年时的我们,天真单纯,"心意合一,齿白唇红",对没有涉足的广阔世界好奇向往,渴望去游历。我们听得清"自己血液的簌簌低语",记住曾震颤过灵魂的梦想和爱,敢毫不犹豫去践行,不惜力,不畏惧,在失意和迷茫中不放弃,继续相信,继续努力。

远方连着远方,人生之路在人群构成的社会现实中蜿蜒穿行,少年成为青年、中年,然后是老年。少年气、少年志、少年勇、少年信,这曾经充沛了生命的元神,又是怎样的命运殊途呢?具体生活中,有太多力量过于强大,它们威压着、诱惑着、裹挟着弱小的个体,将一张张面孔耗得麻木无神,把一颗颗心灵噬得荒凉空洞,许多少年后,变成了一具具没有思想、没有个性的行尸走肉。少年时代的神采,在光阴的变迁下,荡然无存。

可是,少年时代萌生的东西,在觉知的人那里,却是抵抗现实、超越处境、完成自我生命价值的最好倚仗。

1917年4月21日,黑塞在写给瓦尔特·舍德林的信中说:"作画很奇妙。我早就相信,自己有眼睛,是这个世界上一个细心的散步者。可是直到现在才开始。它清除了该诅咒的意志世界。"写时政评论遭到打击和批判的黑塞,在开始作画前的1916年,又经历了父亲去世、妻子患精神分裂症和小儿子神经病加重的多种打击,抑郁得一度找心理医生治疗。好似无意拿起的画笔,于他,意义重大,是对他童真生命的召唤,对压抑情绪的排遣与疗愈,也是对少年情怀与志趣的顽强守卫。黑塞的画,多是青山、绿水和坐落其中的房屋,构图简单,气氛宁静,色调暖亮,他放飞了孩童般的想象力,常有长着鲜花面庞的长颈鹿等形象出现。他的画,用罗曼·罗兰的话来说:"像果实一样可口,像花儿一样欢笑,它们使心愉悦。"

这就是他走过自己生命之路的方式——一怀忠贞。

做这样选择的,不止他一个。这些人类群体中闪耀光芒的生命,对世界怀着真正的深情和投入,对自己的生命真正懂得和体恤。

赫拉巴尔也是。他在《过于喧嚣的孤独》的开头写道:

三十五年了,我置身在废纸堆中,这是我的 love story。三十五年来我用压力机处理废纸和书籍,三十五年中我的身上蹭满了文字,俨然成了一本百科辞典……我读书的时候,实际上不是读,而是把美丽的词句含在嘴里,嚼糖果似的嚼着,品烈酒似的一小口一小口地呷着,直到那词句像酒精一样溶解在我的身体里,不仅渗透到我的大脑和心灵,而且在我的血管中奔腾,冲击到我每根血管的末梢。

三十五年始终如一地"love",就是黑塞的"一怀忠贞",也是沈从文说的"真正的诗意",也是写下《好的故事》时鲁迅的心情……这类人,将自己的生命活得大于了他们的时代,大于了现实,是历史时空中阳光一样的存在。

不失真,不失勇,不失志,不失爱,将少年时期的珍贵馈赠铺垫心底,在难熬的诸种烦恼、委屈、挫败中,把自己的形象尽可能收拾得好看些,起码,不猥琐丑陋,不与自己曾经的相貌判若两人吧。

站在时间之河的岸边

当孔子站在河岸边,望着浩浩汤汤的流水,感叹"逝者如斯夫,不舍昼夜"时,他心头都掠过了什么?

每个人都会在生命的某个时刻,来到自己时间之河的岸边吧?看自己那辽阔的逝去时光,细细回想,感觉那数十年的光阴,竟然像一大片荒原,没长出几棵好苗,简直可以一言以尽、一笔带过,会是什么滋味?

时间之河的水汽弥漫上来,会不会沁湿了眼角?

"逝者如斯",可以用海德格尔那句"存在总是存在者的存在"来注释,生命的真相,如此真实无情。

百度上关于"存在"的解释是:"事物持续地占据着时间和空间,实际上有,还没有消失。"在浩渺的时空里,生命密密麻麻,多如"恒河沙数",有和无,生和死,几无痕迹,微乎其微。但是,个体生命的存在,对自身确有重大而根本的意义。一个人的存在,表明他正拥有着在这个尘世的时间,腔子里有口气,有机会领略自然界的花开花谢,体会生活落在心头的喜怒哀乐。这分分秒秒,日日月月年年,原来是生命最根本、最珍贵的构成。

那么,"不在"呢?就是没有了时间。于是,再横溢的才华,再恪勤的努力,再高远的抱负,都没有机会实现。

可不在,也是每个生命都必须经历的事情。

再看那时间之河,好像它开始倒淌而来了。从终点而始,有限的细水,在有限的河床上,悠悠而来,来一浪,少一分。

它"不舍昼夜"地来着,不管你是否听到它清晰地"嘀嘀嗒嗒"的足音,还是常常充耳不闻,它都不疾不徐地来着。

时间和生命的根本性关系就凸显出来了:人如何安排时间,用了多少，做了什么，就是在如何保育生命。

"不舍昼夜"的时间里，人如果"不舍昼夜"地珍惜、恪勤，生命会不会改变些模样？生命的模样，就是命运吗？或者，跟命运有部分关系吗？

命运其实就是生命在时间之河里的变化，在何时何地变是处在局中的人猜不透的，就像悠悠东去的河流，哪里转弯、哪里草肥鱼跃、哪里淤塞难行，是候在未来的不可预料。

站在自己时间河流的岸边，在广袤的历史天地中看自己那微小一生的小点，就是做了自己清醒的"局外人"了吧？这个节点上的她，已经是在时间中走过相当长的一段（非物理距离），对构成生命的分分秒秒有严肃认知，对人生难测转路有实证的人。

看自己的间距，需要时不时地大距离拉开，需要不惧回头，不畏前望，在时钟昼夜不止的嘀嗒声里，不疾不徐、专纯不息地抬腿、迈步，日复一日。

每个人的手中，都有一个时间的皮囊，有人陀螺般地忙，将它装得鼓鼓胀胀，饱满得难以消化；有人是懒汉种庄稼，自己那一亩三分地是"草盛豆苗稀"，秋天来时，除掉蔓芜的杂草后，粮食袋可怜地空空瘪瘪……

我手中的时间皮囊，要是什么样子？

唐诺在《尽头》里有一段话："我们有必要回头建立一个比较正确的基本时间图像，好驱除掉这种种不好的气味，卖弄机智的气味、自鸣得意的气味、一心想吓唬人的气味云云。在一个个人认真搏斗的领域里，机智从来都只是个小角色，能做的事并没那么多。"

时间之河，源远流长，许许多多的曾经之物，都被抛掷在了无垠中，无声无形，从此消泯。我的生命，也会是这消泯的曾经之物。

可是，此时此刻，它在。这对我，就是关键所在，而且，更庄严而不容亵渎了。

"莫教光阴容易度"，时间之河的洗礼，像再塑的刻刀，它刻在生命形象上的，不应只是"刀刀催人老"的滥调。

将往事凝存文中,以"抵抗遗忘"
——阅读《女工绘》的一点随感

在人类浩浩渺渺的历史时空中,曾烟消云散过多少形形色色的生命,多少悲欢离合的故事。每个曾经存在的生命,都是"人间消息"的载体,都呈现出他身处时代的政治、经济、地理、文化、风俗、性格、人心等信息。"世界太大,我们一己之身太小,太短暂",易消逝不见,这"一己之身"曾体验过的世界,唯在文字中凝存,才有进入世代流传的可能性。

年近70的刘庆邦这两年来明显感到了"一种紧迫感,想多写一些东西"。他首先想写的,是自己经历过的旧日时光,和那时光中的人事。"2018年到2019年上半年,我写了一组'叔辈的故事'系列中短篇小说。在老家的村子里,我有一百多位堂叔,我挑来选去,写了其中的十四五位,构成了十二篇小说。"2020年9月,刘庆邦又在作家出版社推出了新长篇《女工绘》,"写的是后知青时代一群青年矿山女工的故事"。很显然,他在自觉打捞那行将消失的、在今人看来已属陌生和遥远的时域。

将往事凝存文中,是他有意为之的。这不仅是对自己的交代,也是对当下读者和后世读者的交代。

《女工绘》凝存的,是煤矿女工们青年时期的真实遭际。站在四十多年后的时间点上回望,就像立在高崖上俯瞰,她们人生路上的弯弯绕绕、沟沟坎坎了然分明。哪里碰了壁,哪里分了岔,哪里柳暗又花明……清清楚楚铺展在眼前。沉陷记忆的刘庆邦,一边细细怀想同在宣传队时她们的"一眉一目、一喜一悲",一边纵贯今昔地感慨"她们都奋斗过,挣扎过,可她们后来的命运都不是很理想,各有各的不幸"。

《女工绘》的故事发生在20世纪70年代早期。这个时代被刘庆邦简笔淡写，用几个精准细节概括了特征。有个细节我印象深刻：有次发动对地主的批斗，找老矿工路师傅出来声讨，提前地，"说什么，使用什么样的情绪和声调发言，都有专人分头对老矿工进行辅导"。路师傅义愤填膺"表演"到最后时，"他大声说：'他死了还不行，死了还有骨头哩！……他一定是听别人反复说'死有余辜'这个词，不识字，听字只能听个音"。这荒诞滑稽的表层下，意味深长。

这个时期来到煤矿的青年女工们，像极了一朵朵开在粗粝旷野上的花，不谙世事，任冽风袭来，肮脏的尘沙落满花片。

刘庆邦对少年的单纯心性和情怀，本就喜欢流连，认为是人生命阶段中最美好的部分，多次深情歌咏。所以，当他将目光聚焦于这群青年女工（包括青春的自己）开始进入社会大熔炉的首次冶炼，想她们那美丽的"青春之美和爱情之美"，没有"自然而然地生发"出来，而是"受到了不同程度的压制、诋毁和扭曲"，心里该涌起什么样的感慨、唏嘘与不平？

陈秀明、王秋云、杨海平等，是女工中大多数的代表。她们被选进"东风矿的毛泽东思想宣传队"，整天开心地排练；可当被遣散回原单位后，只能承受生活变化的激流带来的冲击，忍着委屈撑下去。陈秀明重回食堂后厨，面对孙班长的挖苦和打压，靠"反复自宽，反复调整自己的情绪"来辛苦度过；王秀云"重回洗衣房"，遭受人们"指指戳戳"的"心理虐待"，靠自欺和忍耐来艰难消化这"无情的伤害"；杨海平回到了理发店，在矿工们肆无忌惮的"下三路"调笑里，尴尬而沉默地强待下去……她们是生活的弱者，不具备预先判断和筹谋的能力，被动地陷入泥沼般的境遇，没有抵抗自救的能力。

刘庆邦同情她们，但他更欣赏的，是生活中的强者。一类是周子敏和女右派（她已不是青年），她们虽不是主要着墨对象，但是是作者心仪的参照。她们有真正内在的自我，对世事人心洞悉分明，与人群疏远，工作认真，谨慎寡言，自重而矜持。她们也曾深陷不良境遇,但能相对独善,反得小范围的自在从容。另一类就是本书的重彩——主人公华春堂了。她"是那种失去父亲的孩子早当家的类型",年纪轻轻,极早成熟,自觉操心全家人的生活。她有当家的意识和责任感,吃苹果"只吃小的、带虫眼的、有疤痕的,而把大的、红的、模样周正的都挑出来,送回家给亲人吃";她精于谋略,工于心计,"愿意跟周子敏接近,一个主要的心理动机,是想有朝一日能调到化验室工作";且精明沉稳,想好的事情就果断落实,无惧无豫,"华春堂找刘德玉去了。她谁都敢找。不管刘德玉多么傲,多么牛,她也敢找"。与她相类似的,是农村出身的矿工魏正方。他身上有刘庆邦年轻时的影子,也带着《红楼梦》来矿上,也喜欢写东西,也有志气,不服输,在挫折打压中没有垮掉,反激出更强大的决心和更勤奋的努力。

可惜,魏正方从石头下钻了出去,茁壮生长起来;而华春堂却是"心强命不强,落个使得慌"。她游刃有余地破解了生活中的道道关卡,却破不了命运的南墙,撞得头破血流,芳魂归西。她挑选了来自郑州的男知青李玉清,一步步俘获了他的感情,可是,李玉清在给机器膏油时,"被卷到溜子下面,顿时成了破碎状态,人就不行了"。一场主动经营的、通向未来美好生活的爱情,突然丧失。好不容易回过神,重打精神,准备好好生活的时候,"一辆大卡车,从身后开过来……华春堂只得从自行车的后座上跳下来。她这一跳,坏了,一下子摔倒在车下,沉重的卡车从她的胸部辗轧过去,惨剧在瞬间发生"。命运是个诡异又可怕的东西,它隐身在生活暗处,叵测阴险,不知何时猝然出现,给人以迎头重击,有时还不留余地,没有丝毫回缓可能。

《女工绘》对煤矿题材的写作,是有特殊贡献的。将女工的生活和命运通过"对时间侵蚀力量有着坚实抵御能力且方便复制的白纸黑字","存放在一册册的书里"了。对于阅读者来讲,"读这本书的意义在于了解我们的前辈是从怎样一种状态中走出来的,这种了解对于未来社会的发展是大有益处的"。

将往事凝存文字中,可以"抵抗遗忘",可以让每一个翻开来看的眼睛,了解到曾经真实的历史事实。历史像一条河,源远流长,今天的水中,有过去的元素,未来的水中,也有今天的成分。"只有在过去之光的照耀下,并对当下进行反思,我们才能尽力抓住未来的机会"。《女工绘》所保存的社会真实,是广阔世界的一部分,刘庆邦关于这一隅的回顾和思考,是对阅读者的一个召唤或提醒。身处时代境遇中的人们,只有对"过去与现在"的关系有一定的理解和认识,才能拥有在现实经历中明辨当前、瞻望未来的眼光。

他以这样的眼神
——读吴佳骏的《雀舌黄杨》

在看吴佳骏的文字前,我最早接触并为之感动的是他的摄影作品,频繁地从他的微信上看到一张张世界万物的脸容:一个倚木门枯坐的老人、一朵娇艳盛开的鲜花、一条立在冷清村街中的寂寞黄狗……于是,那些形象就入了心,不断散发着属于他们的生命气息。渐渐地,就开始透过照片揣想:吴佳骏拍摄这些照片时,他是以什么样的眼神呢?

然后,是阅读他的这部《雀舌黄杨》。在看的过程中,之前的那个揣想不断出现,一次比一次清晰起来。不知道为什么,看作家作品的时候,我常常暗自臆猜:他或她,是以什么样的眼神在看这大地上的一草一木、这笔下人的一颦一笑?我固执地很在意这一点。因此,我读某些文字时会一掠而过,不愿停留,尽管内容看似莫测高深、思想迭出,闪着油花花的连珠妙语;而某些文字会认真凝视,仔细体味,尽管可能叙述上不够圆融成熟、略有瑕疵。

吴佳骏的照片和文字背后的眼神,是一样的。他深情地看着眼前遭逢的人、物、景,哪怕最细小的一株草,他欢喜地捕捉着这些事物所弥漫出的生命气息或时间痕迹。于是,心里的柔波就一层层荡漾开去,于是,他懂了"他们面孔里的苍凉和冷峻,迷茫和忧伤,疼痛和焦虑……"但是,读懂了越来越多的面容所蕴含的沧桑岁月后,读懂了越来越多人生的悲欢离合后,他越来越想"替时间完成着生命的见证"。

吴佳骏不断返乡,不断搜集整理听来的故乡人事,就是要为故乡做一个时间流中的见证者、记录者。他害怕这发生过的、正在发生的鲜活的人的命运,会和正在变化、日趋消失的故乡一样,消失在巨大的历史苍茫中。

《雀舌黄杨》是他的出生地,"位于重庆西部一个偏僻小镇的山坡上"。跟许多人的故乡一样,在辽阔祖国的大地上,这里只是微乎其微的弹丸之地,但这里,也跟许多人的故乡一样,生活着许许多多形形色色的人,发生着许许多多形形色色的故事,每个人都以个人生活的悲喜起伏,显现着命运的造化神力……吴佳骏写了卖肉的夏长贵、偷情的李贵芝、跟母亲说谎的二虎子、葬工具的老木匠、来村里行骗的和尚、爱打麻将的贺玉珍、用"百草枯"毒死全家的王玉芬……他还写了故乡在"现代化进程的滚滚巨轮"下的各种变化,蕴含在许多人的生活细节中。他用满是血肉质感的细节表现着自己内心的疼痛和忧患,他希望自己为故乡和故乡人所立的此传,是"为一代人最后的精神家园写一支挽歌",他"但愿这只挽歌能为后来那些仍然热爱故园,敬畏生命的人们有所审思"。

如此,《雀舌黄杨》可谓用心良苦。

故乡是吴佳骏的出生地,他绝大多数文字都跟此有关。因此,故乡就成了他文字的生发地,曾经滋养他肉体生命的故乡,此刻又源源不绝地哺养着他的精神生命。故乡的一切不断促生着他的思想、深化着他的情感,故乡越来越让这一个年轻的写作者沉实而有力量。

作家的眼神里,深情外,具备穿透物象的锐利也很重要。化用木心的话,作家的一只眼是"情郎"的眼,一只眼是"辩士"的眼,吴佳骏就有这样的两只眼睛。

可是,不知为什么,我忽生忧虑:故乡对他这样一个年龄段的人,会不会也悄悄开了另一扇认识的门呢?或许在贾平凹这代人的"挽歌"主调之外?故乡对现在的吴佳骏,会不会是个大了些的命题呢?会不会悄无声息间,以充实他、满足他而构成对他的局限或障壁呢?

这些隐隐的忧虑,或许纯属坐井观天之言吧!

给孩子一个广阔而深远的真实世界
——读"泥泥狗儿童文学丛书"有感

长久以来,我对儿童文学是敬而远之的,不敢妄谈,更不敢涉足一试。究其原因,我想是因为内心一直秉持的一个看法:儿童文学是文学园地中的特殊领域,它因特定的接受对象——儿童而关系重大,对作家的要求更高,作家须正心对待,将读者可能从自己的文字中受到何种影响放在首位。怎能不提出高要求呢?阅读中的孩子像毛孔大张的海绵,接触什么就吸收什么,吸收什么就会在心灵中留下什么。在这个层面上,可以说,"儿童文学是民族未来灵魂的塑造者"。

那么,儿童文学作家给孩子们写出什么样的作品,陪伴他们的成长期,就成了核心问题。

儿童文学作家给孩子们都写出了什么样的作品呢?目前,儿童文学作品市场很繁荣,数量巨大,销路甚好,其与影视、游戏、玩具等结合的产业链也声势浩大。但是,仔细翻阅孩子们手中捧着的作品,会不由得心生不满,甚至愤怒。尽管这里边有一些优秀的作品存在,但大多数实属粗制滥造之作。就像曹文轩说的那样:"当我们用天下最优美的语言去赞美书、用极大的热情去阅读书的时候,我们同时却要面对泛滥成灾的、无意义的、劣质的、蛊惑人心的,使人变得无知、愚昧的,甚至使人变得邪恶的书。"当然,打开电视机看动画片时,内心的愤怒会更多、更浓,好几部长年累月盘踞某些频道的动画片,情节简单幼稚,差不多每一集都是类同模式的再循环,语言粗暴无聊,缺乏想象力,缺乏启示性,缺乏美感。这生产线一样求快速利益的儿童文化产品,能让孩子接收到什么呢?在这样的阅读和观看中,没有辨析经验的孩子们接受吸收了,他们哈哈大笑，看得津津有味，暂时得到了肤浅轻飘的快乐，却失去了体察大千世界、酸甜人生、多重人性的初期良机。

无意间，我翻读了"泥泥狗儿童文学丛书"，其作家群既有经验丰富的资深儿童文学作家，也有年轻的新锐力量，还有跨界而来的多年写作非儿童作品的成熟作家；其写作类型有长篇小说、儿童诗，还有短篇故事集合……尽管这套丛书的整体水平不可避免地显出参差，并不是每本都尽如人意。不过，在一些作品的阅读过程中，还是让我受到启示，清晰化、具体化了我关于"儿童文学作家该给孩子们写出什么样的作品"的思考。

我想，儿童文学作家应该给孩子一个广阔而深远的真实世界。

我们常常过于低估孩子的感受力、理解力和接受力，有时甚至有意迎合他们的年龄段，有意只将那些过滤淘洗过的假大空似的真善美充进他们大脑，这是成人的思维错误，是不负责任的糊弄。事实上，我们的生活，温暖也好，残酷也罢，它真实地发生在每个人身上，它不会因为所施对象年龄过小而放过或照顾谁。那么，我们又有什么理由、什么资格刻意删减生活的复杂性，刻意屏蔽生活的阴暗面，只展示给孩子简单和光明呢？真实生活也是他们栖身的世界，他们早晚都要和这世界上的一切"肉身"相贴，早磨出点茧未必就是坏事。就像孟宪明的《青石臼》写的那样，他将狗娃跟老黄狗之间真切动人的情义就放在都市村庄拆迁的大背景下，小说里，都市村庄的人们被动员搬出了老屋，可是老狗大黄，离开青石臼宁愿绝食也要回要拆的老屋去住。可骑摩托的人常来村里偷狗，然后卖给屠宰场……与它一起长大的狗娃挂念大黄的安全，便搬回破旧的老屋，陪它一起生活。这炫亮的、来自孩子心性的光芒，并不因生活环境的变迁而减淡，反而更加夺目。在不同的具体语境中，去捕捉来自人性之爱的真实恒光，这是作家在实践对孩子的"教真育爱"，是给天真初心的良好影响。

现在，时代的变化让城乡孩子都减少了接触自然的机会，农村孩子课后会花大量时间泡在网吧、电视机前，他们不再满树林奔跑、田野里割草、月光下游戏。城市孩子就更不用说了，如果不是去哪里旅游,他们感受自然生命气息的机会就是小区里、公园里那些沾着尘灰的树叶、花草。但是,大自然的存在,对孩子所能起到的作用,会大到超出我们的预料。这套丛书中,有一本是冯杰的儿童诗——《在西瓜里跳舞》,诗中他写了许多种植物:豌豆、西瓜、玉米缨、狗尾草、荷花……许多种动物:布谷、斑鸠、毛驴、母牛……还有星空、雨天、暗夜、冬雪、除夕……书里的一切事物都散发出生命气息,饶有情趣。《紫云英的梦想》里,他这样写:"老师/我们干脆放假多好/大家一齐和花朵返回春天/让我们把这一块紫云英田/也抬到语文课本上面"。《除夕的麻雀》里,他写道:"家家都在过年/在苍茫的雪中/那一只消失的小麻雀/可有一个自己温暖的家/是否也能围着自己的炉子/一块儿说着自己的话"。可以看出来,他那颗多情玲珑心对自然万物的感受力和想象力,得自自由而温暖的童年生活经验。而他的大量散文和书画里到处弥漫、成为他文人之核的草木精神,究根追源,也来自他童年记忆中与自然万物的切身接触。天地辽阔,万物有灵,让孩子在阅读中深入一个广阔、丰富的世界,让他们在对草的品味中,得到来自天地生命那"酸酸甜甜的人生哲理"的启示,让他们的心灵扎根土地,汲取真正有益生命的营养。

孩子的成长离不开思维意识和能力的形成,儿童文学作品该如何开启和培养孩子的思考力呢?这套书里,有一本是著名诗人蓝蓝的作品:《诗人与小树》。在这本书里,蓝蓝将自己多维度的思考附着在儿童喜闻乐见的简单事物和故事上,呈现出这世界万物的纷繁复杂。她在《猪与天鹅》中写道:"哎,这世界很多事情没法理解/就像一大群聪明人/也没法理解一个笨蛋"。在《对一则寓言的分析》里如此辨析:"甲说:'一个好脑袋能战胜利爪和尖牙',/乙说:'为爱一个人而献出一切没有错',/丙说:'猎人终于保护了自己的女儿',/丁说:'她失去了世上最好的一个丈夫'"。在《一点点悲哀》里,她这样想:"我们之间有一杆看不见的秤/很多人都希望两边的一样重。/而我知道太阳不仅仅照耀一片树林,/爱也绝对不是讨价买东西。/让我做那个多给出一点的人,/我愿意我这边的秤盘慢慢沉落/高高撬起别人的快乐……"像这样的儿童文学作品,不配合孩子的简单幼稚,而是将深沉的思索之光照射过去,孩子们就能在阅读中得到精神成长中必要的启发和开拓。

……………

孩子们可以拿来阅读的书太多了,选择就显得尤为重要,"要读有文脉的书,读那些打精神底子的书"。那么,儿童文学作家呢?该写什么样的作品呢?起码,从自己的经验出发,给孩子一个广阔而深沉的真实世界吧!毕竟,儿童文学作品的志——是让孩子们更好地"长"。

问津生活,发现文字的"来路"

过了多久了?那种清寂的"寻文索义"的生活:独坐书房,阅读作家作品,写出对作品的理解和分析。该习惯了吧?可时不时地,内心仍会涌起难以按捺下去的焦躁、空虚和渐渐浓烈的饥渴感,还有可怕亦可贵的怀疑。怀疑很可怕,它会消解行为的意义,进而消解行为的积极性,甚至信念;但怀疑又弥足珍贵,它能促生否定之否定后的坚信,引领人悟至另辟蹊径的新境。评论就是写出对作品的认识,而作品的母体是作家,作家作为"生命体"的形成过程,将决定作品的样貌和气质,如果能够深入了解作家生命的来源和历史,应该会对认识作品大有助益吧?作家的人和文,无法剥离,是"二合一"的关系,他们相互映照,彼此说明着对方。而我呢?一个评论者的文字,不该是藤,而是一棵树。不做他人作品的寄生或衍生,深扎在自我生成的可靠根基中,那根基,就是我的生命"来路"——在大地上,在生活中,在命运里。

到生活中去,沿途追索所研究作家的生命来路,是理解作品的可靠途径;到生活中去,沿途追索自我生命形成的来路,是寻找自我文字灵魂的唯一方法。

但需要——契机。不是每个作家都能促成评论者走向自我的深处,在越来越清彻地理解作品的过程中,越来越清彻地认识自己。契机便是缘。不同生命阶段,有不同的缘来助行,在这个生命点上,我的缘是李佩甫。同样来自豫中平原的颍河岸边,他的文学世界是我成长的环境,他沉郁而热烈的大地情感是我灵魂中萦绕的牵念,他痛切而急迫的社会剖示是我体味到的生存经验。盯注他,盯注他笔下的芸芸众生,就像盯注我,盯注我身边的许许多多人。顺着他从现象到历史的追索而追索,还能走进河南这块大地厚重而驳杂的文化积层,在古今考量中,把握那些灾难与变迁都断不了的生生不息的传统承续,遥想那些在时代更迭与人心变异中渐渐消逝了的古代风韵。

时机在不经意间突然来了。那是在2015年5月,省委宣传部组织了"深入生活　扎根人民"的文艺实践主题活动,我也参与到其中,所报选题是《李佩甫传》。于是,经常下去走走就成了生活常态。在行走与访问的过程中,在越来越踏实的欣悦中,我更接近了佩甫,更接近了自己,也更接近了这块土地。

我先是来到了家乡的颍河河畔。细长的河道里,一线浅水悄无声息地流动,一群山羊在俯头吃草,偶尔,两声清亮的鸟叫划过碧蓝的天空。不知不觉间,眼前的一切越来越大,越来越生动,而"我"越来越小,越来越无,消散在"自鸣天籁,一片好音,尤足令人低回无限"的世界中。过了多久了?时间好像已经消失了。这情景,似真似幻,恍惚如梦,却是旧时相识。于是,记忆缓缓而来……就是这里,我的胡庄默默伫立在河北岸的庄稼地边上,那里生活过我的爷爷奶奶,生活着我的父亲母亲……那里生活过我,在水塘里游泳、与人比赛爬树、在田野中割草、麦场边数星星、走村串户看电影……那里,还生活着我吧?也就是这里吧?李佩甫的扁担杨、画匠王、无梁村……一座座模样类似的中原村庄,在庄稼和树的包围中,生活着一个个杨书印、虫嫂、老姑父、李治国、王文英……现在,农村的交通方便多了,一条条宽阔平展的水泥路能带你到任何地方,而过去,是一条条两边长满野草的黄土路。我依稀看到,那黄土路上走出去了一个又一个不甘现状、憋一肚子狠劲儿、渴望在奋斗中实现尊严与价值的年轻人:杨如意、李二狗、吴志鹏……脚踏着颍河边松软厚实的黄土地,看着自由摇曳、将要成熟的麦子,生命感受在瞬间被打通,感动的潮一浪浪在心头翻涌。自我记忆打开的过程中,进入李佩甫文学世界的道路随之开通。

后来,我去了许昌市古槐街春秋剧院旁的大杂院,李佩甫曾在这里出生。现在,尽管房屋已翻新,院落的样子还如他小时候一样。在这里,我采访了他的弟弟、妹妹和一些上学时、当工人时的老朋友。伴随着他们的讲述,一个沉默、爱读书的形象逐渐清晰地浮现眼前……我还去了许昌东北二十里外的蒋马村,那是李佩甫的姥姥家。在蒋马小学,我采访了他当教师的远房表弟。一个端着小木碗混饭、跟小伙伴下地割草、黑夜中瞪着眼睛听姥姥讲"瞎话儿"、跟表姐下地挖红薯的小男孩儿的形象逐渐生动起来。我好像看到了他怯生的窘态、走在路上的孤独身影,好像感到了黑暗中一地玉米叶子唰啦啦响时,他紧张而恐惧的心跳。我还看到人到中年的他,在老农的带领下,走在蒋马的田间地头,认真地一棵棵分辨那些从不被关注、形态各异的草……再后来,我去了侯王,绕着村庄走一圈,去寻找这曾经是"编席窝子"的大片苇子,还采访了过去的村主任、给知青们盖过房的农民和同队劳动的老知青。一个不惜力苦干、积极表现、严于律己、"时刻准备着"的青年人,从侯王村的知青砖瓦房里走了出来,来到了我面前……

于是,李佩甫的生命"来路"越来越清晰可辨,是这"来路"上的"源我"和历史造就了他后来的状态,是他的文字可追溯到的"前因",它埋伏在那里从未改变,并延续着生命和文字。当作家作为主体人活在我心中的时候,文字间的种种隐含,自然而然地就得到了来自"本身"的呼应和解释。

我感到了自己在行走、采访、思考过程中,不断获得一些营养启示,并更加健实。我感到自己正向着冥冥中的"我",逐渐靠近,近得将要贴合。

我这次深扎的许昌市,历史悠久、文化灿烂,有许多人文遗迹值得探寻。这段时间,我去了灞陵桥、春秋楼、射鹿台、受禅台、华佗墓等古迹,还去了位于襄县境内紫云山风景区中的紫云书院。紫云书院是明清八大书院之一,建于明成化四年,由当时担任浙江按察使的襄城人李敏,回乡守母丧时所建,是中原大地程朱理学的弘扬地。我还去了鄢陵县的三处古迹:许由墓、乾明寺、兴国寺。许由墓位于鄢陵县陈化店镇许由村,在禾苗与树枝的掩映间,"高士许由之墓"安静地隐在这里。乾明寺塔位于鄢陵县城西北一处土岗之上,西临缓缓流淌的汶河,建于隋仁寿四年(公元604年)里面有一座十三层砖结构的宝塔,高约 38 米。兴国寺位于鄢陵县城南五公里的马栏镇,距今已有一千多年历史。是的,从尧舜时期到三国遗址,再到宋明建筑,年代已经很久远了。站在这些古迹旁边,举目遥想,感到"浑茫涵盖、浩无几涯",但是,在文物中,在文字中,古人的精神气息却好像仍存留其中,不绝于缕地脉脉发散。顿时,有种被醺染的感受,真真切切,就像黑塞在诗歌《倾听》中所写的那样:"仿佛昨日如此之远,而久远的却尽在眼前。太古的童话时代迎我而立,似一座打开门的花园。"

原来,放自我到广阔的生活中去,把心打开来,人与天地万物、人与历史遗迹之间,在"一丝芥蒂无"时,是可以"息息相通"的。

寻路大地,问津生活,我心中活起来了许多个"象"。有关于传主李佩甫的:瘦弱的小脏孩儿、油灯下彻夜读书、用手掌砍树、一个人在乡间边走边思……有关于我的:月光里的疯丫头、逃课到河边溜达、在阅览室安静地读书……有关于古代名士文人的:许由、曹植、欧阳修、杜甫、苏轼……有关于大地的:禾苗、绿树、青草……有关于现在城乡变迁的:高楼大厦、水泥路面、大养殖场、绿色食品基地……生活是文学的"源"啊!寻路大地,问津生活,我发现了李佩甫文字的"来路",再回想他的作品,好像一幅幅卷轴画唰地在脑海铺展开来,一个个人物、一句句带着方言的语句、一篇篇不同的结构,都清晰地呈现出彼此交错互构的纹路;寻路大地,问津生活,我发现了我自己文字的"来路",在一张张"我"的形象的交迭序列中,那个"我"从小到大经历过种种喜怒哀乐,浸泡社会许多年,竟然都没变过,她还完整地在我生命里;寻路大地,问津生活,在古今时空的穿行中,我发现了汉语文字的精神"来路",在《诗经·郑风》"风雨凄凄,鸡鸣喈喈;既见君子,云胡不夷"的浪漫里,在杜甫"安得广厦千万间,大庇天下寒士俱欢颜,风雨不动安如山!呜呼!何时眼前突兀见此屋,吾庐独破受冻死亦足"的精神中,还在苏轼"回首向来萧瑟处,归去,也无风雨也无晴"的襟怀里。

这次"深扎",让我发现了"来路",找到了自己文字的根基。幸甚至哉!

第四辑

纵使人生灰涩,仍需"乘风破浪"

韩寒的第二部电影《乘风破浪》上映以来,好评差评交替不断。差评的主要集中点就是其情节结构跟陈可辛拍于1993年的《新难兄难弟》相似,这让我想起了文坛上的类似现象。1996年,韩少功出版了《马桥词典》,很快引发了一场笔墨大战,张颐武等认为他抄袭了塞尔维亚作家米洛拉德·帕维奇的《哈扎尔辞典》,并例证了一二三四。但另一位评论者叶匡政认为"即便是作者受到著名作品的启发也是完全正常的",他认为,文学作品结构的模仿不能算是抄袭,反而是一种致敬。而韩寒个人也曾说过,自己"是内容创作者,而不是框架创作者"。其实,文学也罢,电影也罢,这里问题的实质是:新酒能不能用旧瓶来装。就每年的产出量来讲,新酒多,新瓶少;就正常的事理来讲,酒的味道是根本,能做出新瓶装更好,做不来用旧瓶也行,只要合适,不影响味道。

《乘风破浪》这旧瓶里的新酒干完后,口感不错,入了味儿。尽管其酿制时间周期短,但因为认真制作,每个环节、每个细处都用心而为,虽难算上品,在春节档的国产片里,却也算得上翘楚了。

"乘风破浪"四个字进入脑海的时候,条件反射似的,脑海里立刻出现两句诗:"长风破浪会有时,直挂云帆济沧海。"等把电影看完,再来回想一下诗句,是出自李白的《行路难》,全文是:"金樽清酒斗十千,玉盘珍馐直万钱。停杯投箸不能食,拔剑四顾心茫然。欲渡黄河冰塞川,将登太行雪满山。闲来垂钓碧溪上,忽复乘舟梦日边。行路难!行路难!多歧路,今安在?长风破浪会有时,直挂云帆济沧海。"把整首诗在心里吟诵两遍,感觉跟电影的况味颇为一致。或许,从古到今,千千万万个人生的滋味,大多如此。几许茫然掺几许失意,几经坎坷仍几多期冀!《乘风破浪》传达出的就是这个味儿,灰灰涩涩的寻常人生,苦苦的,暖暖的。可《乘风破浪》就是有股摽劲儿,高扬理想风帆只管向前!开着赛车就是要穿行在街塘里巷,"智商堪忧"就是要大谈"我的理想"!

《乘风破浪》讲了这样一个故事:赛车手阿浪夺得了拉力赛冠军,他志得意满地载着父亲飞驶在大街小巷,与突然而来的火车相撞后受伤。昏迷中,他穿越到了父亲的青年时期,那一年,他还没出生。他与父亲成了江湖兄弟,一起逛街谈人生,一起跟女朋友看电影,一起唱那个年代的《在雨中》,一起为兄弟情义打打杀杀……在最后,阿浪耿耿于怀的不快记忆,随着对父亲的近距离接触而烟消云散,父子两代人在病房里相视一笑,心灵相通,和解了。

这确实是《新难兄难弟》的情节模式。可是,电影里的细节,生活场景、人物形象、感受思考,却是韩寒自己的。而且是尊重、理解了街上芸芸小盲流之后的韩寒的,他嬉笑着看他们愚鲁的率性、不识时务却得意的错判……可他眼神饱含温暖,带着生而不遇的心羡和欣赏在看,他们为了朋友能生死不顾,与一个女人相处二十多年而不腻,还孩子般幸福地说"但我就喜欢这种腻腻的感觉!"

在讲故事的过程中,电影的细节跟小说的细节一样,很考验创作者的功底和耐心,有时几个粗糙的细节就败坏了整部作品的形象。《乘风破浪》的个别桥段也被人诟病,比如拿漂亮女朋友来作为对入帮弟兄的终极考核,谁能这么做呢?太硬凑太突兀了。这一片段拿我们今天的生活经验来看确实难以理解、难以接受,但是放到那个时代、那个样子的徐正太身上却能理解,是他的幼稚、冲动、自以为高明会造成的做法。

影片中有些细节幽默让人发笑,在发生年代错位的时候,这是故事设计自然出现的化学效应,是观影过程中的调味剂。阿浪拿出新的二代身份证,老警察很生气,拿出他的身份证说:"这才叫身份证!"小马整天研究电脑软件程序,被老警察定性为"无业",被徐正太看作没有前途,要给他安排录像厅放映员的工作,可他叫马化腾!开发商许诺给正太几套房子,他嗤之以鼻,说几套房子值什么……观众笑了,带着后辈人对前辈人的超越和自得。可是,如果不是我们带着现在的经验穿越到过去反观,我们能看明白过去吗?能了然地笑老辈人的"傻"吗?我们身处当下,不也是绝大多数、绝大部分时候一脸迷茫吗?我们有几人能用未来的眼光看透现在?捕捉住那些在未来成为主流的时代发展,并做出正确判断而成为明日成功者?

《乘风破浪》想告诉我们的是:即便看明白社会发展趋势而成为时代英雄,又怎么样呢?比如那个已经来开发房地产的港商,不过是奸诈阴险的品相。成为很有钱的时代成功者,又如何呢?对于人来讲,还是"人"怎么做最重要。因此,阿浪一边心里暗笑着青年父亲和他朋友的愚,一边不断认同、亲和,与他们同生共死地做起兄弟来。那么,过去时代在我们的眼睛里,就不是落后,它应该被怀念,因为它曾有过那么多简单的美好,就像乡村音乐一样的电影插曲那样;老一辈人就不是愚笨,他们应该被尊重,因为他们心底单纯,信奉并力行着做人的基本信条:讲真情、守道义。

大家都是小人物,尽管很可笑地特想充大。徐正太稍有胜利就拿大词往头上戴:"制霸亭林镇!"罗力带老婆去吃日式饭,豪气地许诺一个未来,但妻子说:"等我挣了钱,给你买一条真金链子。"他们动不动就谈理想,韩寒对他们最深切的尊重与爱是他们那么容易年少气盛、血气方刚地谈理想。罗力的理想是给老婆一个富有幸福的未来,徐正太的理想是成为杜月笙,他想让"歌舞厅里只唱歌,桑拿房里只洗澡"。他们的理想就像那辆在小镇上奔驰的赛车,就是要以全拼的速度奔跑在最尘俗的世间,让理想穿行过垃圾桶、小商店、晒着的衣物的尘埃,即便会迎面撞上受伤害,理想"乘风破浪"的神采还是生命里无可替代的部分,哪怕是六一这样的小人物,也会因理想与热血而闪烁出动人的光亮。

可是,这一番故事因穿越而起,如果没有穿越呢?不就是青年父亲一个人单枪匹马去为兄弟报仇吗?一个人,不是更危险、更孤独?他怕不怕?他怎么就不退而执意去做?明明老婆已经怀了孕,明明知道会坐牢。

这就是前定了。故事的苦味就这样散发出来。穿越也不能更改命运的结果,父亲就是这样的一个人,他的性格、他的思维、他的成长过程、他的朋友、他遭逢的事情……诸种因素不变的情况下,父亲进监狱的命运不会变,徐太浪命运的因就此种下,父亲是他的因,他必经过那样不快乐的童年,必经过不被支持的事业,必经过没有结果的初恋……

父子间的代沟被填平了,不是因为穿越,穿越只是故事形式的壳,而是因为贴近彼此、尊重彼此的理解和宽容。只父子之间吗?任何人际关系间都有沟壑,做到贴近、尊重、宽容,就容易填平沟壑。但也有老死难以沟通的,那就水火两不犯,各自相安吧!

许多人共同用一个词来形容《乘风破浪》,那就是:真诚。我深以为然。拍电影也罢,写文章也罢,态度与情感的真诚度,是做事情能到什么程度的重要前在因素。

去"冈仁波齐"的路

一

生命的固有属性,就是——在路上。

今夜,回想看张扬的电影《冈仁波齐》,准备写这篇文章的时候,我怎么竟想到了清明节。

那天,我跟许多人一样,回了老家。

上午,先在爷爷奶奶的坟前摆上供香、点燃烧纸、跪地磕头,然后,我顺势坐在了落着铅色纸灰的草地上,他俩的音容笑貌、举手投足,都清晰地浮现而来。记忆在的时候,去了的生命,留痕还在。

黄昏时,我顺着河堤游荡,河水昏昏欲睡地似流非流,几声鸟鸣清亮地划向天空,不驻足就看不清楚的小野花正开得妖艳……可是,蹲下来流连几分钟的工夫,那刚刚还火红的、气势磅礴地端在村庄屋顶上方的夕阳,已经消失不见了,只剩一抹残霞黯然地挂在那里。生生灭灭,日出日落,来来去去,是万物常态。

那天后,我有几次问自己:"当有天,你的生命将要去了的时候,怕不怕?"尽管,正确答案只会在真正经历时才会揭晓,任何对未经事情的反应预估都不见得合乎实际,可预期反应起码真实地来自假定那刻的心声。那一刻,心说:"如果,有几件事能不留遗憾,就没什么可怕的。"我继续问:"哪几件事?"心开始边说边掰指头数:"一、二、三。"

原来,过了四十的我,只想要这一二三,不牵挂那四五六甚或七八九……

这一二三里,竟然,有那个在少年就发了心的,竟然,至今还念念不忘。

那个,就是我生命里的"冈仁波齐"了。

二

去"冈仁波齐"的路,好走不好走?

叶曼在讲《心经》的时候,曾举例一则,大意如下:一日,一姓庞的居士与家人讨论起修佛的难易,庞居士说:"难、难、难,十担麻油树上摊。"庞婆说:"易、易、易,百草头上西来意。"他们的女儿叫庞灵照,她说:"也不难,也不易,饥来吃饭困来眠!"

张扬在电影里,以近纪录片式的呈现,尽可能让意义预设的"深思熟虑"、吸睛叫卖的敲锣打鼓退了场(这是许多借西藏来说事儿者的江湖伎俩)。影片里的朝圣路,就是11个村民生活流式的日常了。

去"冈仁波齐"的路,不好走。这队伍里,有老人、孕妇、孩子,他们走六七步一磕头,要足足磕够这2000多公里。在路上,他们遇到了一系列的事情:生孩子、泥石流、车祸,还有死亡。要一一亲历,一一克服。他们磕了一年多。

看他们的践行,又好走,就像自然过着的每一个最平凡的日子。什么遭逢来,就坦然接受什么:遇水就脱了衣磕拜,有人腿伤就休息几天,天气晴好洗洗头发、晒晒被褥,车头被撞坏了就弃掉、众人合力拉着继续向前……没有瞻前顾后,没有计较盘算,从不动摇转念,只是朝着"冈仁波齐"——一步步走。

有个"冈仁波齐"在眼前、在心间,好啊!像他们,浑身上下沾满灰尘仍显出生命的尊贵,经历许多苦难仍不断能从信念里获得安慰与力量,使灵魂安然。他们虔诚地用脚步缩短着与"冈仁波齐"的距离,越走越近的时候,他们越来越平静地"安"在每一次朝向"冈仁波齐"的步伐里,"安"在自己的命运里。

所以,当身边不断有大卡车飞速地呼啸而过,扬起的尘埃气势汹汹扑向他们的时候,他们无动于衷,继续走着自己的路。在人生的阳光大道上,是各有各的路径,各有各的走势。

走到或走不到并不重要,去"冈仁波齐"的意义,在走的过程。

最后,忍不住画蛇添足一句:他们休息时出现了同去朝圣的夫妇二人,丈夫叩拜,女人拉车,车辕旁闲闲地拴着一头黑毛驴。他们好奇:"怎么不用驴拉车?"丈夫说:"她很爱护这头毛驴,路很陡的时候才用,她拉不动。"这个幻梦样的小插曲,简直就是马尔克斯的"巨翅老人"下了凡。

"与命运过招,看他沉不沉得住气"

1991年,在第28届台湾电影金马奖上,李安导演的第一部电影《推手》,九项提名,最终获得三个奖项——最佳男主角奖(朗雄)、最佳女配角奖(王莱)、评委会特别奖。1992年,在第37届亚太影展中,还获得最佳影片奖。

可谓"出师大捷"。

这让李安熬过6年"心情郁闷期"后——扬眉吐气开心颜。

1984年,李安从纽约大学电影系毕业,可是他却并未踏上自己的电影之路,真的是"学道如牛毛,出道如麟角"。绝大多数时候,他窝在家里看孩子做饭,生活窘又厨艺好,岳母想出资帮他开一个餐馆。可是他宁愿"赖在家中,不肯去做赚钱的工作","偶尔去帮人家拍片,看看器材,帮剪辑师做点事,当剧务等",再后来,就给台湾的《中国时报》写些影评或报道。他自叹"潦倒",感到"心碎",可他坚持要"死皮赖脸地待在电影圈",他害怕一旦干上某个具体的营生,就走出去容易走回来难。他心想:"每个人有他的时运,要是时机来了,我抓不到的话,这辈子就很窝囊。"他过去的经历让他感到自己好像只在这一行上才"有点灵光",所以他窝在低谷里等,"当时机来了,就迎上前去"。

李安矢志不渝,命运也没枉了他。如张文江在讲《风姿花传》时说的:"守住这个气,把它集中在一点上,深入揣摩,精益求精,一旦释放出来,艳丽不可方物。"

李安生在台湾、长在台湾,在他离开了10年后,台湾竟又给他提供了事业起步的大好良机。1989年,台湾新闻主管部门在海内外征集优秀剧本,首奖四十万台币。于是,1989年夏天,李安开始构思剧本,他"想把一个致虚极、守静笃的太极拳大师放到一个戏剧结构的故事里,与命运过招,看他沉不沉得住气"。秋天,他拜访太极拳大师,即使穷困,仍出钱报了一个太极拳学习班,亲自体验了一个多月。1990年2月,他动笔创作剧本,3月底,他将《推手》与《喜宴》的剧本一起寄到台湾参加甄选。11月传来喜讯:《推手》拿了第一,奖金四十万;《喜宴》拿了第二,奖金20万。很快,台湾"中影"就决定投拍《推手》,由李安做导演。

这是不是冥冥中的安排呢?在他通过考验后,就给了他一个奠定基础的如此"厚爱"。

《推手》剧本的老到笔调一度让人猜测是"大陆的某位老作家写的",叙述了离开大陆到美国跟儿子一家生活的老朱的故事。写剧本的时候,李安有意借文化差异主题来投主办方的所好趋向,拍出来后,中美不同的文化背景、生活习惯、思维观念仍是情节延展的主要外相,可事实上,太极拳的"推手"是拿来有意突出中国文化的符号,其蕴含的人生哲学也只是辅助意义(或许是本部电影未及深挖)。在这部影片中,李安真正的着力点是人类日常生活基础层面的悖论——相互关系,他深入探索的核心是生命的矛盾性。

朱老先生赋闲在家,练练推手、看看电视,儿子晓生辛苦忙碌,在一个电脑公司上班,儿媳玛莎天天待家里苦思冥想写小说,小孙子聪明可爱,学学英语学学中文。在这样一个难以独处的屋子里,彼此是对方生活、生命的交织部分,他们互为必不可少的依靠、互为难以逃避的烦扰,一天天相伴相守,却深感孤独压抑。每个人心里都有个人意愿,可每个人都在相互牵制和妥协中,难以实现。在同一环境里朝夕相处,重在和谐,贵在和谐。

李安内心里有个好奇并喜欢探索拷问的孩子吗?他通过了"跟命运过招,看他沉不沉得住气"的考验,可他也想考验一下别人。他想用《推手》试试老朱会怎样应对考验。老朱练了一辈子"推手",好似能进退有度、心平气和,可"片子结尾时,老头儿通不过考验,因为他放不下。在人生的道场修行,外在的苦难折磨他都顶得住,可内心的牵挂却卸不了力"。

是啊,"世事如过眼云烟,原本不该心有挂碍",可"炼神还虚,不容易啊"!

这就是人生吧？不经意间，别有意味氤氲而生了。就这样不能超脱，于是有不能超脱的憋屈与惆怅；就这样心有牵挂，于是有心有牵挂的温暖与希望。

影片细节有妙处，也有生硬处，但李安自己担任编剧、导演、剪辑，还是相对贴合地完成了他的本意。重要的是，拍《推手》，让他明确感到："拍电影是我生活的一部分，以后我就这样过日子了。"

李安很在意感应，他相信某些不一样的细节里潜藏着指向未来的某些暗示或预意。片子拍完十几年后，他还记得开拍前一天晚上，他在做饭，"烧菜时从冰箱里拿了瓶越南蒜茸辣酱……一拿出来就咣地摔在地上……像个炸弹一样，砰一下，辣椒酱溅得整个厨房都是，地上、天花板、墙上、墙角、灯上及洗衣机后面，一片花红"。

是啊，这——是什么兆头呢？

李安的叛逆与投降

在李安的导演生涯中,《喜宴》是他拍得最顺手的,仅仅用了26天。当有人问他这是部什么样的电影时,他说:"《喜宴》是部李安的电影!"那个时刻,他会是什么样的神态和语气呢?一定不是招牌式的谦笑和常见的轻声慢语。

是的,《推手》成功后的李安,气顺志得,在《喜宴》里发挥得更好了。而《喜宴》的命,比《推手》还要好。不仅与大陆导演谢飞的《香魂女》一起,在1993年2月22日,共获了第43届柏林国际电影节的金熊奖;还给李安的电影事业"豁然开朗地闯出新局",票房在海外都大卖,国际市场就此开发出来了。

李安在《喜宴》里,把自己放进去得最多。

回头看看来时路,他把自己的生活经验放了进去。李安是家里长子,从小承受着父亲"望子成龙"的压力,而李安的学习却不够好,接连两次高考落榜,无奈考了艺专影视科——这是父亲看不上眼的行业,可他偏偏喜欢上了。后来,在留学院系的选择上,父亲的意愿和李安的爱好再次矛盾,李安坚持了自己,于是,做校长的父亲再次有些失望。这些积攒让李安"潜意识里始终有种罪恶感","一些无奈、委屈、抱歉的心情始终闷在内心深处",久了,就成为挺严重的精神压抑。

怎么办呢?就此压抑下去,生命无法伸张,该闷成什么样子!

如果,李安没有到美国留学并定居下来,而是一直待在台湾,他会是什么样呢?会拍电影吗?会的话,可能拍出什么样的电影呢?

李安来到了美国,他开始接受另一种文化对生命的塑造。在另一种文化的影响下,他发现"隔了个太平洋,到了异邦,以往的认知却来了个大反转，不论是我本行的戏剧，还是从小所认同的对错是非，"他"对以往的教养开始产生不信任感"，并开始以美国文化对生命的作用来反思中国文化对生命的影响。

原来，"个人""自我"在另一种文化里是核心主体，是社会关系中的首要因素。可是，"个人""自我"在曾经接受过的中原文化里却是次要的，是社会关系中的从属者。

于是，在电影里，李安坐在婚宴上两个外国人的旁边，大声说："那是中国五千年来的性压抑！"他觉得这句话，"憋在心里面很久了，不吐不快"。

李安要放自己去叛逆，他想对父亲说"不"，对父权所指向的传统文化中家族伦理对个性的压抑管制说"不"。（"不"字，在《说文解字》的注释里是："不，鸟飞上翔不下来也。"）性格温顺的李安，在另一种文化的教化中，激发出一个强大的自我意志，这意志想要冲决而出，想要得到认同、尊重与实现。于是，叛逆的劲道是电影的潜流，也是主角越顺从越强烈的内心挣扎，后来终于喷薄而出，改变了影片的情节发展方向。

影片里，高伟同是个同性恋，他与塞门相亲相爱，同居了五年。可他是家中独子，父母希望他早日结婚，传续高家香火。他深陷矛盾纠结中，想拥有自我，又想尽孝道，不想让父母受打击，他不敢将自己的真实身份告诉父母，就谎称快要结婚了。于是，父母欣喜而来，操办一场热闹的"喜宴"，一向温雅的国人犹如群魔狂欢，上演了狂放得近乎荒诞的"闹洞房"。谁知，这个意外细节却让假婚对象顾威威与高伟同发生了关系，还怀了孕。这是情节发展中的横生枝节，这枝节生得意外而巧妙。这枝节，让包着火的纸一下子熊熊燃烧，每个人都经受真正考验的淬炼。塞门大怒，与高伟同争吵，这男人间的真爱也有醋性与指责；父母大惊，有后的满足与知道真相后唯恐没后的战兢让他们痛苦；高伟同终于轻松，身体与心灵都获得了解放，他诚实地面对了自己的内心；顾威威彻底断了对高伟同的念想，可她却做不到打胎让两位老人失望……

结局是各自退让、顾全大局的皆大欢喜。这暴露出了李安的投降,他最后不由自主地还是受控于自己家庭伦理情感上的不忍之心了。尽管,李安的父亲在 2001 年接受采访时,感慨地说自己"就像《喜宴》里最后一幕双手高举的老父"。事实上,这样的收尾就是李安对父亲"双手高举",这投降,让结尾有大团圆的意味,也让冲突引导出的疼痛感、文化矛盾与人际矛盾间的尖锐锋芒软化了许多。可这也是人情之常、人性之常,人情人性是李安电影的底座。

李安的叛逆与投降,看似落实在了高家的日常情节中,实际上是跨文化结构成长的大命题。这不同文化的教养背景,让李安做了两方面的吸收者,也做了两方面的清理者,他是对两方面都可以"入乎其中出乎其外"的自由人。他说:"在台湾,我是外省人;到美国是外国人,其中有身不由己,也有我自己的选择。命中注定,我这辈子就是做外人。"

而这,确立了他作为导演观望世界独特的位置与方式。

人生中的那些"欲"与"缚"

《饮食男女》是李安想在《推手》《喜宴》的良好开势上再绽放一节更高的芝麻花。可是,事与愿违,《饮食男女》在台北票房惨淡,批评声四起,且在31届金马奖上只被提名了"最佳剧情""最佳女配角"和"最佳原著剧本",结果还颗粒无收。这让带着团队兴冲冲前去参加的李安意外受挫,尝到了"被修理的滋味"。

柳暗花明的是,被称为"父亲三部曲"的《推手》《喜宴》《饮食男女》中,后坐力最强、豆瓣评分最高的却是——《饮食男女》。

为什么呢?

我想,一个主要原因是:同样是以"父亲"为主角的家庭伦理片,《饮食男女》将故事放在了本土环境,讲述了更日常性的家庭人际关系,刻画了每个成员涌动着的情欲暗潮,细致而有张力,明线曲笔地写尽了每个人的"欲"在外因内因的种种"缚"中如何冲决而出。是这生命根本需要在现实生活中的不得自由伸张,使更广泛的共鸣在观者心头响起。

《饮食男女》讲了父亲老朱跟三个女儿家珍、家倩、家明的故事。老朱是一个国厨,水平很高,他对女儿们的关怀与爱体现在了精心烹饪的美餐上,但她们在家庭之外的工作状况、感情状况,父亲一无所知。所以,当三女儿宣布怀孕、大女儿宣布要结婚的时候,他很错愕。女儿们呢?她们对父亲也几乎不了解。丧失了味觉的父亲,在做菜的时候有没有惶恐不安?他有没有孤独?需不需要倾诉?电影用分线索的方式分别延伸出去,将一家四口在家庭外的生活展现出来,原来竟是各有各的苦辣酸甜。而这家庭外生活着的他们,才是真实的他们:家珍一贯严肃,不苟言笑,可体育课老师不经意的礼貌接近、学生造情书的几次假撩后,却引起过度反应,动了她翻江倒海、志在必嫁的春心;家倩最独立能干、聪慧可人,在一家航空公司上班,事业虽如意,爱情却飘摇无归宿,前男友告诉她,自己这次喜欢上的女人不一样,想要结婚了,她微笑祝福,转身离开,好像什么都没发生过;家明在一家快餐店上班,听了常被考验、苦等店里好姐妹的男孩子的倾诉后,暗生情愫,两个人很快好上,她很快怀孕了,做了这个家庭的第一个脱单者;父亲老朱呢,在店里会喝得醉醺醺,与老温同怀念过去共叹现在,私下关心锦荣的女儿,常做好吃便当给她当午餐,可看不见的隐笔是他与锦荣竟然相爱了,以至在最后聚餐他借酒劲宣布时,大家都瞠目结舌。饶有意味的是,电影最后,锦荣竟然怀孕了,老朱恢复了味觉!

饮食男女,人之大欲。老朱与他的三个女儿,还有邻居锦荣和锦荣母亲——曾自认与老朱很有可能性的梁伯母,他们彼此熟悉、亲近,实际却互不了解、互不沟通,他们吃饭、聊天、工作,好像生活就是这样,决定性的因素却在生活流的底部——那暗在里时而平静、时而翻涌不息的"欲"是情节推进的决定性力量,而每一次质的推进,都是在"缚"中挣扎了很久的爆发,不得不爆发。这很有意思。三女儿突然宣布怀孕了,大家目瞪口呆,然后是适应;大女儿突然宣布结婚,大家纷感意外,然后也是适应;最后的大炸弹是老朱突然宣布要与锦荣一起生活,大家惊诧且责备,然后也是适应。这就是中国人的节奏——压抑到一个程度,然后爆发,之后,大家重新找寻新的平衡点吗?

我们每个人呢?心里的"欲"是人生进程的发动机吧?种种大大小小的"欲"——权欲、钱欲、情欲、名欲,以及这些"欲"的二级、三级单位——赏识欲、儿女成龙欲、父母安康欲、苗条欲……一"欲"一牵挂,一"欲"一枷锁,望"欲"实现就要冲"缚"的捆缠,于是,这行走人间的身影,就千姿百态起来,而这柴米油盐的人生,就多了许多色香味。如果人人都超了凡脱了俗,一副不食人间烟火的"神"相,世界大概会如广寒宫般清寂无聊吧。那些耿耿于怀,那些念念不忘,那些拿得起放不下,还有那些鸡毛蒜皮、误会摩擦,甚至那些你欺我诈……都太俗了,一点不高大上,可是,这就是人生真实的滋味,一言难尽的活着的滋味。

············

当电影的主题落实到人生的根本、人性的根本时,李安触摸到了"父亲"伦理外作为生命个体的形象,于是,他尊重并实现了一个老男人的情欲,并以一个他幸福生活、生命力恢复的结尾,作为自己对"中国父亲"的告别与祝福。此时,他真正走出了长久以来来自血缘父亲和文化父亲的影响焦虑,开始了自己往阔大深远处的"长"。

向外推推自家的篱笆

《饮食男女》后,李安想筹拍《冰风暴》。最初,在做《喜宴》后期的时候,他就看到了 Rick Moody 的同名小说。可有意思的是,《冰风暴》的剧本还没开写,《理智与情感》就找上门来了。

无论拍哪部,可以确定的是:李安想试试西片。当"父亲三部曲"形成的风格越来越被人接受,就此可以按这套路长拍下去的时候,他感到危险、不安、局限,执意求变了。

他知道,变才是不变。

他很善变——以源于本族文化、合于自己性格的"柔",水一样地随时、随势而流。

《理智与情感》的拍摄,完全不同于以前:在这部片子里,李安是"第一次受雇做佣兵导演"(也是唯一一次),要拍的是一部剧本已经成熟、班底已经确定的英国年代片,他面临一系列的考验。

罩不罩得住、吃不吃得下,是个严峻的关卡。机会常常是这样,拿下了就上一层,为以后挣得一个好资本,拿不下就不是错失良机的事了,或者从此往下流走,不知要再费多少劲儿才能逆上来,或者从此上不来了。

可是,如何拍出那个年代英国社会的味道,对李安这样一个完全异域的中国人来说?

李安开始扎进去学习。他收集来那个年代的"文学、艺术、思想等相关材料",认真阅读、思考,开始形成对那个时代的感知与认识;他跟着艺术指导——英国的 Luciana Arrighi 到美术馆去看那时的绘画,"了解当时人的体态模样与时兴的东西"……了解多了,他渐渐心中有了谱,好像品到了味道,他想:可以开始了。

可是,深入到具体工作,仍然有一系列的问题需要逐个解决与克服,有许多是没有前车之鉴的。好在,一旦进入工作,李安那个强韧、勇敢、耐力十足、谨慎刻苦的内我就充分发动起来了。

如何理解简·奥斯丁呢?这样一个经历简单的女作家,小说貌似单纯却内涵丰富。李安用中国人的眼光去看她,发现了她独特的幽默性,发现了她的小说"阴阳相通"的两面性。国家、民族与文化的差别是存在的,但在这"异"下,作为"人"的许多方面却是相通的。比如人性、情感、人与自然等等。于是,李安将中国美学里的"寓情于景"运用到电影里,用狂风暴雨等意境来烘托人物内心世界的起伏,反而起到了很好的效果。

如何与明星阵容、专业程度相当高的班子合作呢?演职人员还全是说着英语的外国人。或许,这才是李安最困难的地方。比如在影片中扮演大姐的艾玛·汤普森——一个地道的英国人,既是大明星,又是电影的编剧,为写这个剧本,她用了四年的时间。某种程度上,她才是这部影片的主导力量,这对李安是个很大的压力。有意思的是,李安并不在意艾玛对团队的影响力是否消释部分自己的核心,他怀抱初心、本着把片子拍好的正念,采用的是主动学习、发挥自我的良好合作态度和方法。于是,一部片子结束的时候,两人就成了好朋友。时隔多久,李安还记得艾玛的一句话:"人面对痛苦要深怀敬意,并向其学习。"这是那段时间李安自觉虚心的印证,也是他面对任何困难情势时的有益态度。

与其他人的协作包括演员、摄影、布景师……也有许多不同的境况要面对和处理。

最终,《理智与情感》获得了第46届柏林国际电影节金熊奖、第53届美国电影电视金球奖最佳剧情片(电影类)、第53届美国电影电视金球奖最佳编剧(电影类)、第68届奥斯卡奖最佳改编剧本和英国影艺学院奖,全球票房超过两亿。通过这部片子,李安才算真正奠定了自己在世界影坛的位置。慢慢地,他将更加"临机不碍、应物无拘"了。

可是,这简直是一场"受罪"。

不过,"罪"有所值。就像蛇蜕皮,它要寻找坚硬的石头棱、锋利的荆棘去猛碰头颅,皮开肉绽血流后,那层局限身躯的旧皮就掉了,一层鲜亮的新生命颜色就铺排了全身。每蜕一次就进了一层。当然,凡事因人而异,许多"罪"也不过是"罪",折磨时折磨,过了就麻木无觉,或者继续折磨,并无益处。

可是,经历过这样的磨合与淬炼,即便没有质的变化,还是可以当一场扩胸运动吧?可以"向外推推自家的篱笆"吧?院子大了,种不种得成庄稼蔬菜倒是次要的,舒坦啊!想一想,自家有一个大院子,花红草绿、鸡鸣狗叫、清风徐来,夜晚抬头还能看见星光灿烂,人生美事啊!

一个"中式"告诫

1996年4月10日,李安开始拍《冰风暴》,一共"拍了五十五天"。一个在台湾长大的导演,要去拍1973年的美国普通家庭,尽管有原著作为基础,有詹姆斯这个美国编剧作为合作伙伴,对李安来讲,仍然是个新的挑战。

可是,他欣然而作,"闯入未知的境地"对好奇的他来讲,是件相当有吸引力的事情。

这次,他将故事背景有意放在1973年。这一年,水门事件解构了社会威权、嬉皮风带来了性解放思想,美国普通家庭承受着道德崩解后的家庭危机。电影聚焦了两个家庭最隐秘的暗角——性。本和伊莲娜是一对夫妻,他们有一双儿女——保罗和温蒂;吉姆与珍妮是一对夫妻,他们有两个儿子——米基与山迪。学校风气相当开放,性好像同学间的游戏。保罗被同学取笑还没有性经验,可他一旦喜欢谁,就被同学抢先占有,并以此作为嘲讽。他又喜欢了一个女生,并渴望与之有个突破,可当他在暴雨将来的夜里去赴约时,却发现那个男生已衅笑着待在那里。温蒂是个十四岁的少女,她叛逆、勇敢,好奇"性"并时时想了解、尝试。她骑着自行车去与米基约会,在浴室里诱惑山迪互看身体,在客厅与米基初试(被父亲发现带走)……"性"在大人之间呢?在生活于"一地鸡毛"中、颇感索然的中年人世界里,"性"更像是游戏。本出轨珍妮,还动了感情,当两对夫妻去参加"换妻派对"时,珍妮拿走了别人的钥匙,他一下子跌坐在地上。那么珍妮呢?她与伊莲娜一样,将时间、精力大多放在了妻子、母亲的角色上,可当孩子们长大后,无聊、空虚、寂寞都来了,她们"想要找寻不同的人生风景"了。可是,对于一回首就然过去、一举目就看穿将来的中年人来讲,眼前没什么"不同的人生风景",这很打击人。他们陷入精神无聊空虚的危机。比如本,他在工作、家庭的事务中常"手足无措",难生自信,难有作为。于是,这出轨、参加"换妻派对",就有了抗衡、分散人生沮丧感,寻求刺激与安慰的意味。电影里有个细节很有意思,本与珍妮刚结束,还没平躺好,就迫不及待地喋喋不休起最近发生的烂事儿。珍妮直接打断:"你该回去了,我不需要第二个丈夫。"出轨对于中年的本,是身体吐槽与精神吐槽的寄托,可对于珍妮,就是困在没区别的"日复一日"里时,暂时的"透口气",她不需要任何多余的附加。

电影里的两家人,围绕着"性"来来去去的,怎么可以?必须警告——危险!于是,冰风暴来了。同时,还带来了一个悲剧——米基出门去看冰风暴,他在河面上结冰的跳板上轻轻跃起,他在结冰的公路上"坐"滑梯……太嗨了!一个闪电突然击落一根电线,他瞬间倒下身亡。这意外有些突兀,但确实让人有些《倾城之恋》里战争忽起时,瞬间沧海桑田的味道,米基的灾难让本和伊莲娜夫妻,也突生了范柳原、白流苏的感觉。他们在清晨开车去接保罗,那一刻,他们一家的情感又凝聚在了一起。日子,可以在这次的外力黏合后平稳地、相互珍惜地过上一段时间了。

李安借《冰风暴》,是给别人和自己一个忠告——家庭要稳定。这忠告的思想源起是中国儒家文化的家庭伦理道德,是李安从小耳濡目染的家庭观念。家庭在我们传统文化的社会结构里,是重要的基本单元。家庭像是一座房子一辆车,世界上亲缘关系最近的几个人,要在里面抱团取暖、躲避风雨,共挨一生的漫长岁月。因此,不能轻易解体,尤其当这车里还有孩子,那么即便车破了,有危机,修修补补还是让他尽可能平稳过去,很有马伊琍那句"且行且珍惜"的意味。

1997年,在做了七个月后制、"剪了十八版"后,《冰风暴》上映了。尽管,影片获得了戛纳电影节的"最佳编剧",票房还是不如预期,大多数的好评外,尖锐的批评之声也响了起来。就我的观感而言,这样一个劝诫式电影,确实是李安的一部平平之作。电影主题太过明确,对于主题的表现太过着意,导致了控制过多、人物性格发展不够、情节张力不足的缺憾。而且,有意地拿自然界的冰风暴来隐喻家庭关系的危险,简单又不断重复的象征,也破坏了电影的意蕴空间。不过,李安多视角、立体结构的尝试,还是为他以后的拍摄积累下了重要的技术经验。

这部电影的主题,可以继续挖掘、探讨的空间还很大。

这让我想起了另一部电影:希腊导演克里斯托弗洛斯·帕帕卡里亚蒂斯的《当世界分离》。影片分为三个部分:一个年轻姑娘和叙利亚难民的热烈爱情;一个中年男人和来裁员的女上司间的性爱纠缠;一个老年妇女和德国历史教授的晚年邂逅。最让人印象深刻的是第三段故事:65岁的单身汉Sebastian在一个超市门口路遇了55岁的已婚妇人Maria。她与丈夫早已日渐疏离,彼此的融合感消失殆尽,用责任勒紧倦心,靠自我欺骗和隐忍,在劳累乏味中聊度日月。而后,他俩相爱了,这感情让麻木生活了许多年的她生机重来,她开始感到了世界的美好,她开始恢复对生活的信心和喜悦。后来她终于爆发了愤怒与委屈,与丈夫分开了。

类似的电影,还有《廊桥遗梦》。

所以,性对于家庭的危害,不算大。对家庭真正有杀伤力的,是爱情,尤其是那种重生之爱。它不管年龄,它犹如灯火,既照亮了生活,又温暖了灵魂。

《冰风暴》没涉及这个问题。当然,一部电影不可能做尽,不过,这未免让电影的意义促狭、浅表了一些。再往下走,事情的本质就被触及了。或许,李安过于在意表现1973年的社会风气对家庭的影响,忽略了这方面的深入;也或许,他此时尚不愿也无力探到这个层次。有时真相像股凛冽的风,特别清晰、冰冷,迎着上也难过,或者,关上门窗,在半睡半醒之间,一天天循环着过日子,稳定成一潭死水,也很好。只是,有时候,旧日子过去了,新日子相挨着,虽没来,但能一眼望到头,且已经飘来了发霉的味道。

怎么办?就像本和伊莲娜一样,相守着坐在家庭的破车里?起码,冰风暴打不到头上了;起码,受了惊吓的儿子一下车,就能感到被父母等待的安慰。

"找到那个准头"

人的一生中,总会有几件事是阴差阳错的吧。有心栽花时,那么想看花盛开的艳丽,想闻不绝于缕直沁心脾的芬芳,于是使出浑身上下的解数,结果呢,偏就不遂人愿;无心插柳时,那么不起顾念与期盼地随手一做,甚至就是插花时的顺便,可是,不经意打眼一瞧,眼前已是绿云一团,细细柔柔的万条丝绦风舞着,煞是好看,格外撩人。

之所以如此,有命数使然。有时候,是吃了力未必能讨到好。

可有时,又好像不全是命数。有心栽花,可对花的生长过程、习性都了然于胸了吗?对如何栽如何养的技术掌握过关了吗?能将施肥浇水剪枝步步落实得恰到好处吗?栽花不成,也许在潜在的因果中,实属必然。插柳的确无意,可偏偏就是这叶片细薄、萌芽最早枯落最晚的家伙,天生皮实,不讲究那么多条件,不需要那么多侍弄,又刚好在春天被插到了水边,此后生根、茁壮成长,也就合了物性的天时地利,合了自然之道。

李安拍的片子,有段时间也是这样。明明拼尽心力的,结果却是卖座不好、差评如潮;明明在精力不振的状况下拍,结果却名利双收,出了大彩头。他2002年3月到8月拍的《绿巨人》,是"有心栽花花不成",而他2004年6月到8月拍的《断背山》,则是"无心插柳柳成荫"。这里起作用的,不是命数的机缘巧合,而是在暗中的因果上,在于他有没有"找到那个准头"——那个合乎"物性"本质、合乎自己、合乎天时地利人和的"准头"。

显然,《绿巨人》的"准头"他没找到。以前的几次跨界成功将他的胃口撑到了极大,他再次接受了旺盛好奇心的驱使,和积累不同类型拍片经验的志欲,接拍了《绿巨人》这个科幻片。当时,《卧虎藏龙》的成功让他有些底气,觉得可以"将戏剧艺术同效果和动作结合起来"——拍出一个属于自己的"绿巨人"。他在编剧、道具、拍摄、剪辑、特技等方面都下了很多功夫,把自己消耗到了透支,甚至"亲自上阵穿上特殊服装,在镜头前模拟浩克发怒时的所有动作,让特效人员制作画面"。可是,事与愿违,2003年上映后,人们失望地感到他是个没做到位的科幻片的外行,在技术与情节结构等方面捉襟见肘、力所不逮了。

这让李安有些沮丧。然而漏屋偏偏逢了连阴雨,质疑与批评带来的一蹶不振还没过去,他父亲又在2004年2月15日去世了。

不久,他接拍了《断背山》,是以"整个人半条命没有的那种样子"来拍的。可是,结果却非常好,不仅获得了第78届奥斯卡金像奖的最佳导演、第62届威尼斯国际电影节的最佳影片金狮奖等许多奖项,还引起了广泛、激烈、持久的社会反应,实现了原作者安妮·普鲁克斯的衷心期望——"希望它会带来对话与讨论,会警醒人们把目光转向多元性,转向彼此之间以及更广阔的大千世界。"

原因其实很简单,他找到了拍这个片的"准头"。这"准头"就是他拍片时的构想跟原著作者安妮·普鲁克斯的初衷契合了。

原著跟电影讲了一个一致的悲剧爱情故事:"一对土生土长的乡下"男孩子——杰克和艾尼斯,他们在断背山的偶然机缘中,"彼此深陷感情的旋涡",度过了一段与世隔绝的天籁般的美好时光。分开后,他们沿着每个男孩正常的生活轨道生活,恋爱、娶妻、生子,但他们却在日益强烈、清晰的自我感知中,意识到对对方身不由己的思念与渴望,这让他们有时安详得忘了世界上的一切存在,有时痛苦得仿佛经受着绵长荆条拉心的煎熬。承受不住的时候,他们就撒着谎偷偷去断背山缠绵几日,然后,在分离的忧伤与担心的忐忑中,他们再回到各自的生活中,去承接那趋近暴露的危险、更分裂的撕扯、更沉重的想念。就在这样年复一年相聚分离的轮回中,他们的情感被心验证得更真挚深厚,他们不能生活在一起的障碍却依然顽固高耸,痛苦叠加到难以承受。直到杰克死去,艾尼斯将他俩的衬衣叠挂在衣橱里,并矢志不渝地"swear",爱情才动人地定格成了相守着的永恒。

安妮·普鲁克斯和李安都想讲一个在当时是冒犯性的故事——同性恋。他们有意冒犯,因为假如"不触及敏感或令人惊怕的主题",他们会兴趣大减。而且,他们深知:冒犯就有风险,可风险里才有更大的可能性。干吗四平八稳呢?干吗还没做什么就先自觉地让什么什么来束缚住自己的思维和手脚呢?最重要的是,他们不得不冒犯,冒犯的动力来源于他们超越当时常规认识的思想和情感,冒犯的情绪和内容合乎他们内心的声音。那么,如果是这样,冒犯就是不必过虑的、理所当然的事情。

他们冒犯了当时社会环境里相当强悍的规定与成见——爱情应该是男女异性间的事情,同性恋是可耻的、理应被责罚的。可是,他们在各自的耳闻目睹后,却给予了理所当然的体恤、尊重与宽容。在他们的思想标准里,社会群体的狭陋之见如果不当,就该被以感染人的艺术力量来启示出"感同身受"后的反省与调整。而他们关于人的理解标准,是人人心中该有的"断背山"——这是一个万物和谐共存的自然世界,有成群结队来吃草的羊,有一望无际的草原,有在林间奔腾来去的健马,有偶现水边大声咆哮的黑熊,还有两个欢快相处的男孩子……大自然的厚德就是无分别心地载一切物,无论是多得数不胜数的草,还是特殊的同性恋的男孩子,大自然的接受与恩养是一样的。是的,在自然的怀抱里,普遍的与特殊的,他们都是造物的孩子,都有自我存在的应当性。因此,断背山上的同性爱情是自然地发于真实人性的,那么,社会性人群也应该理解并承认这种特殊存在的合理性,就不该有鄙夷、伤害,不该因此而构成对让独特性个体压抑与恐忌的环境氛围。

二人在人类性情感层面的洞悉上共通了。但有意思的是,不知是源于两人迥异的文化背景还是反差很大的个性,抑或是二者皆有的原因,他们在"准头"一致的意义创造中,却显出了完全不同的风格。安妮·普鲁克斯像一个理解但威严的父亲,她不苟言笑,文笔粗粝简硬,就连那些一开启画面想象就泛起伤感柔波的细节处,她也毫不渲染、言简意赅地酷飒带过。李安呢,反而像一个慈柔贴心的母亲,他以中国宋词般哀婉缠绵、余音不绝的腔调,沉郁、细腻、含蓄地缓缓吟咏了一曲关于爱情的人间绝唱——把"才下眉头,却上心头""不思量、自难忘""自是人生长恨水长东"的味道融进了美国西部牛仔的感情故事里,让不同肤色、国别、民族的观众,感到了相同的"别有一番滋味在心头"。

电影成功了。获奖的成功是其次的,更重要的成功在于:借助电影这个影响更大、更有力量的载体,《断背山》将人们如何改变一贯思维、更合乎人性地看待同性恋的问题推到了大众眼前。事实证明,尽管影片上映时遭遇了有组织的大规模抵制,但更大许多倍的接受、理解与宽容,却被启发和调动了出来。逐渐地,在后续的多种因素(包括几部同性恋题材电影)的合力作用下,同性恋在美国社会越来越能正当容身,并终于实现了全境合法化。在这个进程中,小说和电影所撬起的同情与反思,起了不可忽视的作用——这是小说和电影的功德。

"一花一世界"

"一花一世界，一叶一如来。"以前，当这句话缓缓飘入耳朵，再悠悠荡漾心空的时候，我会升腾起一种清晰的意念：生命没有等级，没有分别，都是一场庄严，皆当尊重。不是吗？看那蚂蚁，辛劳出工，为那小小躯体的盘中餐跋山涉水，用尽智慧与耐力，其不易不正类似组团外出的农民工吗？为养家糊口做了长年累月的候鸟，流浪在城市的大小工地，爬脚手架睡铁皮屋；再看那蝴蝶，身体艳丽精神烂漫，围绕着某朵散发芬芳的鲜花翩翩起舞，久久流连，其痴情不正像那难舍难分的恋爱男女？念着彼此相和相应的缠绵交融，做了一场又一场深沉美丽的思念之梦……

可现在，再看这句话，让它静静地在眼底停留，一遍遍在心底流淌，却开始聚起了另一种越来越分明的新感受：一花，其形、其色、其性，几句话就被概括完毕，看似在人们不费吹灰之力的认识范围内，事实上却不然，它蕴含着造物神秘的玄妙，还潜隐着许多人所不知的讯息。那么，以此类推，人呢？这形、色、性都复杂善变了许多倍的生命呢？恐怕更是千言万语道不尽、山重水复识不清啊！我们论人，常观其言、审其行、品其文，希望从中发现某些特点，但有时，这些特点是其思其情其魂真实形象和状态的反映，有时却是其思其情其魂有意用来遮掩的虚假粉饰。若据此外现来判断其人其性，将难辨，将错枉。即便是表里如一吧，其世界也会是重峦叠嶂、柳暗花明。且不说每个生命的由来路上，都曾经有过许多个不同样子、不同观念、不同做派的"我"。就说每个生命的此刻吧，又有多少或相互配合，或相互冲突的念头、个性等如海浪般涌动不息、此起彼伏？有些成为冲上沙滩哗哗作响的一排明浪，为人所瞩目；有些则是潜在深处的汩汩暗流，为外人不知，甚至为自身不觉,却于默默中酝酿着风云突变,待到瞬间爆发,其长久积蓄的力量有时能改变事物进行的方向。

花、叶、人,原来都不容易洞明。可终归,花还是认识花中世界的唯一通道,叶还是寻找叶里如来的唯一凭依,人——还是发现人之万象的唯一路径。

细察、明辨、多析,循着事物表现出的蛛丝马迹,看完正面看反面,东向追追西向问问,反复揣测求证,还是能尽力逼近一个真实的形象吧?正向,真相是象,反向,假象也是象,只是那寻找还原的方法要变一变,路途要曲折些罢了。但凡人际间的交错遭逢,都还是能见人见己的。见了人的,多理解;见了己的,多反思。

话再说回来,一花里本有一世界,可不同的花,见出的这一世界差别怎么那么大?既然万物都是复杂多元的构成,那为什么有些人、有些物几经辨析还尚难分明,有些人和物却是单面单色、一目了然呢?原来,能否呈现出多面向、多层次的象,有造化的机缘在起作用,也有视者主动开掘的意识和能力使然。见别人、见外物是如此,见自己也是如此。有人会不断被自己和别人发现出生命里的不同存在,持续丰富和扩延,有人却数十年如一日地重复吃喝拉撒睡的模式,任一轮轮春夏秋冬交替更换,只是躯壳上的赘肉多了几斤,眼角上的皱纹添了几条,精神的土地长期贫瘠荒芜,庄稼不生、草木不长,放眼望去,好一片单调的苍黄空茫。

如果,能开一辆拖拉机,来回行进在自己的田野上,不断耕耘、收获,不断试种、产新,这人生过程,一定会很有价值,令人艳羡。

看李安的《卧虎藏龙》时,我不由得生出这么多不成章却很想说的感受。

《卧虎藏龙》是李安第一次对自己深耕细作,那犁铧,涉进了底部土壤从未被划过的隐处。

那犁铧,就是电影。

对于绝大部分人来讲,社会关系中的"我"、柴米油盐酱醋茶时的"我",就是"我"的绝大部分真相了,很少有机会去掘出另外一些方面的"我"来。而对于李安,生活场外的电影场,却是机缘,让他日渐现出另一面的隐性特征,并得到印证和深化。

《卧虎藏龙》是个重要的界碑,他朝着"自我解剖的路"走向了"我"世界的纵深,裹进了里面的旋涡,见证了早就存在但一直隐而不显的另一种峥嵘。原来,人看别人、人看自己,也是个"冰山原理",见得到的不过是很小的一部分,见不到的还很宽大。通过电影,李安这个冰山周围的海水开始大幅下降,冰山更斑斓、更多样的部分显露了出来。时至今日看,那时微显的他的隐性特征,也已经成为显性特征了。

《卧虎藏龙》是李安的潜龙出渊、隐虎下山。

生活中,李安温厚谦让,性子软和,自带萌萌哒,一副男女老少都可来通吃的好好先生模样。可这只是他日常中的"表",当然也是他的真实面之一。电影场里的他呢?好奇心茂盛,爱冒险,喜欢挑战没有尝试过的,这一路上几无雷同、跨度很大的片子们就是证明。他内里很阳刚,勇猛、固执,尽最大力做事,因此常常咄咄逼人、咄咄逼己。拍《卧虎藏龙》的竹林打斗戏时,李安想拍出人文气息来,这让经验丰富的武术指导袁和平反复地做来做去,怎么尝试都味道不对,后来袁和平没了耐心,有些恼了,就问李安:"你到底是要打还是要意境?"李安不放弃不退让,很坚持,但以商榷口吻说:"我们能不能打出一种意境?"他任性、浪漫,向往不受羁绊我行我素的自由。他拍武侠片的初衷就是想实现少年时的江湖梦,拍《卧虎藏龙》的原因就是小说结尾打动了他的心:玉娇龙去庙山为父还愿,"似含着一些渊深难测的忧郁",她"低头看着崖下的云雾……顿脚……向下跳去了……雪青色的身影已如一片落花似的坠下了万丈山崖"。如此爽性决绝不计生死,多么快意过瘾!他还多情,一肚子飘飘飞的风花雪月、牵肠挂肚的儿女情长,如那最终放弃一切、想跟俞秀莲相守过平常日子的李慕白……

万物"负阴而抱阳",人生命里阴阳并存,不断相生相克地转化着。《卧虎藏龙》的人物和情节就是这表里明暗的扭结与挣扎,是现实中的李安和电影中的李安的矛盾统一。在生活中,他是隐忍的俞秀莲,个性服从、自律,但在内心里,他是率性的玉娇龙,任欲望和意愿带着自己走,哪里都敢去。而从某个角度来看,李慕白才最像他,心里有"龙虎",却在理性的栅栏里关着;胸中有块垒,却被堵在心口隐隐作痛。几番闭关修炼终不成,还是要出关,还是想过不再为名所累为道德所困的自在生活,执一有情人之手,静坐着看风起、听雨落……

奇怪的是,就是这样反差很大的元素,有些甚至完全相反,落实到李安的命运里,却都是成全的合力部分。柔和温善自律让他家庭稳定,常得信任与支持,勇猛任性固执较劲儿又让他的电影事业不断开拓走深。造化生不同人时的不同构造安排,确实奇妙,揣度不来。唯闲看一个个所见人的呈相,包括自己的呈相,暗自发笑。不知造化闲来会不会也看一看。他该怎么笑?捂着嘴窃喜这逃不出去的众生?还是捧着腹得意这形形色色的缔造之乐?或许,很偶然地,他会看到一双直视他的眼睛,来自渺小身板的眼睛,执着地面向他,不休地探询追问,并不服这框围着的定局安排,硬要试着顶一顶。他还会笑吗?会笑得继而残酷,还是转而温柔?

《卧虎藏龙》是李安人到中年后的再次成长。人,"活到老学到老"的意指就是永远保持成长性吧。从书中学智慧,从他人身上学经验,再放到自己身上来修炼。《卧虎藏龙》从决定拍摄到1999年12月在北京封镜,前后大概经历了三年时间。而此时,李安已是45岁,过了不惑五年,尚有五年才到知天命。不惑是对人事人情已大概明白,对自己也看得更加清楚,知道该有所为有所不为了。那个最想有所为的,就更豁出去了,内心里最私密的部分也敢拿出去祭献给心爱的电影了。李安看到了纠缠中不同的自己,他将他们放进了《卧虎藏龙》里,李慕白是李安,俞秀莲是李安,玉娇龙更是李安。那么,你我他呢?也都会有好几个不同的自己,该怎么发现、怎么管理调和呢?走在人生的长路上,还是要顾念个平衡,注意下情势,有时,需放龙出虎,有时,需降龙伏虎。